W9-BNS-150

EL PEQUEÑO

Leo DaVinci

Twitter: @ChristianG_7
Facebook: facebook.com/oficialchristiangalvez
Web: christiangalvez.com

El papel utilizado para la impresión de este libro ha sido fabricado a partir de madera procedente de bosques y plantaciones gestionadas con los más altos estándares ambientales, garantizando una explotación de los recursos sostenible con el medio ambiente y beneficiosa para las personas. Por este motivo, Greenpeace acredita que este libro cumple los requisitos ambientales y sociales necesarios para ser considerado un libro «amigo de los bosques». El proyecto «Libros amigos de los bosques» promueve la conservación y el uso sostenible de los bosques, en especial de los Bosques Primarios, los últimos bosques vírgenes del planeta.

Papel certificado por el Forest Stewardship Council®

Primera edición: mayo de 2015

© Del texto: 2015, Christian Gálvez y Marina G. Torrús
© 2015, de la presente edición en castellano para todo el mundo:
Penguin Random House Grupo Editorial, S.A.U.
Travessera de Gràcia, 47-49. 08021 Barcelona
© De las ilustraciones: 2015, Paul Urkijo Alijo
Del diseño de cubierta: 2015, Beatriz Tobar

Penguin Random House Grupo Editorial apoya la protección del *copyright*.
El *copyright* estimula la creatividad, defiende la diversidad en el ámbito de las ideas y el conocimiento, promueve la libre expresión y favorece una cultura viva. Gracias por comprar una edición autorizada de este libro y por respetar las leyes del *copyright* al no reproducir, escanear ni distribuir ninguna parte de esta obra por ningún medio sin permiso. Al hacerlo está respaldando a los autores y permitiendo que PRHGE continúe publicando libros para todos los lectores. Diríjase a CEDRO (Centro Español de Derechos Reprográficos, http://www.cedro.org) si necesita fotocopiar o escanear algún fragmento de esta obra.

Printed in Spain – Impreso en España

ISBN: 978-84-204-1904-6
Depósito legal: B-9.151-2015

Maquetación: Javier Barbado
Impreso en EGEDSA, Sabadell (Barcelona)

AL 1 9 0 4 6

Penguin
Random House
Grupo Editorial

¡Hola amigos! Me llamo Leo y tengo 8 años. Vivo con mis abuelos en Vinci, Florencia, y me paso el día inventando cosas imprescindibles para la vida de un niño: como la vincicleta o el sacamocos a pedales... Pero mi gran sueño es crear una máquina para volar como los pájaros. ¡Y algún día lo voy a conseguir!

¿Qué es lo mejor de la vida? ¡Jugar con mis colegas!

Leo
Soñador, optimista...
Me encantan las historias de misterio
¡y vivir aventuras con mis amigos!

Spaguetto
Cañero, divertido...
¡El único pájaro que habla del mundo!
O eso creo yo...

Macaroni
El perro más pasota del mundo. Lo suyo es dormir a pata suelta.

... mi pandilla

Miguel Ángel

¡Cuidado que muerde!
Duro como una piedra
y con mal carácter, pero
es divertido y mi mejor
colega.

Lisa

Mi mejor amiga, la chica
más lista de Florencia
¡y queda genial en los
cuadros!

Rafa

El más pequeño
del grupo. Creativo,
un poco detective
¡y con un grupo de
rock flipante!

Boti

Ingenuote, aspirante
a chef de cocina
y gran futbolista.
¡Con él nada es
aburrido!

Chiara

Es la *Best
Friend Forever* de Lisa,
tiene muuucho genio
¡y es la campeona de
eructos del cole!

... y todos los demás

Abuela Lucía
¡Mi superabuela! Gran artista y cocinera. ¡Da unos besos espachurrantes!

Profesor Pepperoni
¡Nuestro profe! Se le ponen los bigotes de punta cada vez que la lío parda en clase.

Abuelo Antonio
Divertido y despistado, mi abuelo es el más cariñoso del mundo ¡y no perdona su siesta!

Coper
Nicolás Copérnico, «Coper» para los amigos. Es un niño astrónomo a quien, como a Leo, le chifla investigar los secretos del Universo, y está empeñado en descubrir si el Sol gira alrededor de la Tierra o es al revés.

Don Girolamo
¡El vecino más chungo de Vinci! Odia a los niños, los animales ¡y todo lo que hace reír!

Almudenina Cidini
Joven y bella gimnasta olímpica, se conoce al dedillo el Coliseo romano. Siempre está dispuesta a ayudar a los deportistas más pequeños ¡y por supuesto, a Leo y sus amigos!

EL PEQUEÑO Leo DaVinci

LOS JUEGOS OLÍMPICOS

Christian Gálvez
Marina G. Torrús

Ilustraciones de Paul Urkijo Alijo

ALFAGUARA

EL FUEGO DE LOS HÉROES

¿Habéis oído hablar alguna vez de LA LUNA FANTAS-MA? Bueno, no es que vaya por ahí con una sábana blanca y arrastrando cadenas, ni nada de eso. Me refiero a esa luna misteriosa que solo aparece los días de fase creciente, es decir, cuando está en modo «plátano» y solo se le ven los cuernos. Es entonces cuando se viste con un velo resplandeciente y misterioso que anima a salir de su escondite a hombres lobo, vampiros, zombis y demás criaturas chungas de la noche.

Pues bien, aquel día yo estaba observándola en mi taller secreto con el *vinciscopio* (que es un telescopio al que he añadido algunos complementos tales como un posavasos, un apoyabocatas y un recogemigas para que no se enfade mi abuela), cuando, de repente…

Toc, toc.

—¿Se puede? —llamaron a la puerta Lisa y Miguel Ángel, mandando a la porra mi concentración.

—¡Hombreee! —contesté, un poco mosqueado—. ¡Que estoy descifrando los misterios del Universo!

—No te pongas tan chulo, caramulo —contestó Miguel Ángel, entrando en mi taller mientras jugaba con un trozo de mármol como si fuera una pelota.

—Ja, ja, ja —rio Lisa—. Venga, Leo, déjanos ver lo que estás dibujando en tu cuaderno.

Y agarraron mi bloc y clavaron su mirada, sorprendidos, en el esbozo de la luna fantasma.

—Oye, tú, ¿qué le pasa a esta luna? —preguntó mi amigo.

—Su luz —afirmó Lisa—. Es eso, ¿verdad? —dijo, observándola a través del telescopio—. Tiene algo hipnótico que te impide dejar de mirarla. Da miedo y paz a la vez.

—Exacto, boniatilla —corroboré, encantado—. Pero ¿por qué tiene ese extraño brillo solo durante unos pocos días al mes? ¿Eh? Esa es la pregunta.

—Ay, chico —dijo Miguel Ángel, despectivo, recogiendo su pelota de piedra para, después, tirarse en una tumbona que hay en mi taller—, yo no me planteo esas cosas. ¿Que brilla la luna? Guay. ¿Que no brilla la luna? Guay, también —y, así, pude comprobar una vez más lo bruto que puede llegar a ser mi amigo—. ¡Déjate de rollos y mueve el esqueleto —añadió Marmoleitor mientras tiraba de mí agarrándome de una manga—, que nos largamos a ver el paso de la antorcha olímpica por la plaza del pueblo!

¡Ahí va! ¡LA ANTORCHA OLÍMPICA! ¡La había olvidado! El fuego que marcaba el comienzo de los Juegos Olímpicos juveniles, que eran algo así como el hermano pequeño de las grandes Olimpiadas mundiales. Se celebraban cada cuatro años, y esta vez el lugar elegido era ni más ni menos que Roma.

A ver, que esto de la antorcha olímpica no se nos ocurrió a nosotros. Ni de churro. Fue a los griegos, verdaderos inventores de las Olimpiadas y del yogur más rico del mundo... o eso dicen los que no han probado el de mi abuela. Pues estos tipos decidieron tener un fuego ardiendo constantemente en los lugares donde se celebraban los juegos. Porque

sí, porque les dio por ahí. En su honor, en mi país decidimos que unos niños hicieran una carrera de relevos con la llama encendida desde la ciudad de Turín hasta la de Roma, ¡y en aquel momento estaban pasando por mi pueblo!

—¡Alucinante! —exclamó Lisa mientras un niño de un pueblo cercano pasaba la llama de su antorcha a la de un primo mío, un poco bizco, llamado Antonino Fogosi. Y, ¡hale, Antonino!, a correr *to' pabajo* en dirección a Roma.

Una vez allí, el lugar elegido para celebrar las Olimpiadas sería el COLISEO ROMANO, ya sabéis, ese restaurante de comida rápida donde los leones se papeaban a los cristianos. ¡Que nooo, que es broma! Bueno, lo de que fuera un restaurante, porque lo de comerse a los cristianos era verdad. El Coliseo era un gran teatro, y lo de soltar bichos para que se comieran a la gente se hacía para divertir al César y al público en general; que ya podían haberse entretenido plantando setas o saltando a la comba, digo yo. Pero, en fin, eso era lo que había.

Ojo, que no era lo único que se hacía en el Coliseo: también se representaban obras de teatro, se recreaban batallas y, ¡tachán!, se celebraban las peleas de GLADIADORES, que eran unos guerreros en minifalda que se arreaban con cachiporras, espadas y todo lo que tenían a mano. Menos mal que ya no quedan gladiadores de esos…

—¿Nos vamos a ver la salida de los atletas? —preguntó Lisa, emocionada, dando saltitos entre la gente.

—Vale —contesté.

Y nos fuimos directos desde la plaza del pueblo al centro de entrenamiento de los deportistas, que era una enorme casa roja con diferentes salas y jardines donde había colchonetas, barras paralelas y demás aparatos donde los chavales se preparaban a diario para la competición.

—Mmm… Qué raro —susurró Miguel Ángel mientras estiraba el cuello como una tortuga para poder ver entre la multitud de gente que se había congregado en la puerta—. No sale nadie.

—Igual les ha dado un apretón —comenté—; por aquello de los nervios.

—O están tardando aposta para hacerse los interesantes —añadió Miguel Ángel, mirándose las uñas.

—Tío, que son deportistas, no cantantes de rock famosetes —comenté.

—Pues yo no me voy a quedar sin saberlo —dijo entonces Lisa. Y, con un salto de ardilla, se subió al roble que teníamos al lado. Trepó por el tronco con ayuda de sus manos blancas y diminutas y, al llegar a las tortuosas ramas de su copa, se detuvo para mirar qué ocurría en el interior del centro de entrenamiento.

—¡Están fritos! —voceó.

—¿Cóoomo? —gritó la gente allí reunida.

—Quiero decir que están dormidos —aclaró Lisa—. Hasta roncan…

Eso sonaba muuuy extraño. ¿Todo el mundo esperándoles y, precisamente en aquel momento, se ponían a dormir? Miguel Ángel y yo nos miramos y fuimos directos a la puerta. La abrimos con cuidado y… ¡toma! Efectivamente, los seis atletas de Vinci estaban dormidos. Pero no como si se hubiesen acostado aposta, más bien como si se hubieran desvanecido de repente. Entonces, entraron los mayores e intentaron despertarles dándoles palmaditas en la cara, echándoles agua e, incluso, haciendo sonar una bocina en su oreja. ¡Y un jamón! No valió para nada. Todos habían caído víctimas de un profundo y misterioso sueño del que no podían despertar, como en *La Bella Durmiente*.

Y, en ese estado tan chungo, ¿cómo iban a competir en los Juegos Olímpicos?

2

¡TENGO UNA PROPUESTA!

—¿Qué has hecho ahora, Leo? —me preguntó mi abuela, asustada, cuando vio entrar en nuestra casa a don Pepperoni, don Girolamo, la madre de Lisa y hasta al alcalde del pueblo, con gesto de preocupación.

—¡Nada, de verdad, abuela! —le contesté.

—Tiene razón —corroboró mi abuelo Antonio—. Por una vez, y sin que sirva de precedente, tu nieto no la ha liado parda —y luego se dirigió al grupo de invitados con mucha solemnidad, diciendo—: Tengan la amabilidad de seguirme a mi despacho —y se perdió con ellos por el largo pasillo de nuestra casa, moviendo su orondo culazo de izquierda a derecha como un camello que camina por el desierto.

Mi abuela no entendía nada. Lógico. Así que hubo que explicarle que toda esa gente había venido para consultar con mi yayo, uno de los hombres más importantes de Florencia, qué se podía hacer para seguir participando en las Olimpiadas, teniendo en cuenta el extraño sueño de los atletas.

—Mmm… —dijo pensativa mi abuela—. ¿Habéis probado a despertarles acercándoles a la nariz un calcetín sudado de Boti?

—Sí, el de su pie izquierdo, que es el que huele peor —contestó Lisa—. Pero siguen dormidos —añadió.

—¡Vaya! ¡Entonces el asunto es grave! —exclamó mi abuela—. Pobres muchachos. No quiero ni pensar cómo estaría yo si os hubiera pasado a vosotros. En fin, voy a preparar unas pizzas —porque mi abuela es de las que piensan que en esta vida todo se arregla comiendo; y se marchó a la cocina mascullando—: Y también cocinaré *maccheroni* y *spaghetti* y un jamón y una vaca y…

—¡*Ouaaah!* —bostezó Miguel Ángel, abriendo la boca como si fuera una morsa—. Aquí ya no hay nada que hacer. ¿Nos vamos a dormir?

—¿Y perdernos la conversación de mayores más interesante del año? —preguntó Lisa con cara de brujilla mientras me guiñaba el ojo.

—¡Ni pensarlo! —respondí, dando un salto.

—¡No, no y no! —se plantó Miguel Ángel—. No pienso ir a cotillear nada porque tengo mucho sueño. ¡Si digo que no voy, es que no voy!

Je, je. Cinco segundos después, Marmoleitor estaba con nosotros en la calle, encaramado a la estrecha ventana entreabierta que daba exactamente a la biblioteca-despacho de mi abuelo.

—¡No hay derecho! Siempre me liáis —protestó mi amigo.

—¡*Sssh!* ¡Silencio! —le dije, plantándole la mano en el careto para que se callase—. Quiero escuchar lo que dicen.

Un soponcio. Sí. A los asistentes a la reunión de urgencia les iba a dar un soponcio. O dos. Sentados alrededor de una oscura mesa redonda, todos gritaban histéricos, haciendo que fuera imposible entenderles, hasta que mi abuelo se hartó y dio un manotazo en la madera, diciendo:

—¡Se acabó! Damas y caballeros, estamos aquí para solucionar el problema, no para liarlo más. Así que ahora, uno por uno, expondremos nuestra visión del asunto con tranqui-li-dad.

Y todos agacharon la cabeza por el pedazo de autoridad de mi abuelo. Entonces habló Mona Lucrezia, la madre de Lisa, una señora muy guapa con gran parecido a mi amiga.

—Llevamos cuatro años preparando a los jóvenes de Vinci para esta competición. Si no participamos, seremos el hazmerreír de toda Italia.

—¡Lo tenemos merecido! —soltó don Girolamo, levantando amenazante su bastón—. ¡El deporte es malo para el espíritu, porque tonifica y alegra el carácter de las personas! ¡Todo lo que haga más feliz al hombre está maldito! ¡Si nos presentamos a la competición, se acabará el mundo!

—Gracias, don Girolamo —le dijo mi abuelo, cortándole el rollo apocalíptico muy educadamente—. ¿Alguna opinión más?

—Yo, yo, yo… —dijo don Ceroizquierdini, el alcalde de nuestro pueblo, el hombre más tímido y apocado del planeta

Tierra, intentando hablar con su diminuta boca a juego con su también diminuto cuerpo.

—¡Ánimo, alcalde! —le dijo mi abuelo—. Usted puede hacerlo.

—Pues, pues, pues… No sé qué deciiir —aulló el alcalde.

Vale. No podía hacerlo. El que sí podía era mi profesor, don Pepperoni, que, como era habitual en él, había entrado en modo «susto» y ya tenía su tic en el ojo.

—¡Esto es un desastre! ¡He entrenado personalmente a los mejores niños deportistas —dijo don Pepperoni, sudando a mares mientras sus bigotes se movían como pequeñas aspas de un ventilador para darle aire—, y ahora

vamos a perder sin tan siquiera haber participado!

Entonces se abrió la puerta de la sala de golpe y apareció la siniestra figura de Bernardo Machiavelli, el padre de Maqui, un tipejo tan oscuro y malencarado como su hijo, diciendo:

—¡La culpa de todo la tiene su nieto Leonardo!

—¡Caballero —le dijo mi abuelo, levantándose de la silla, enfadado—, esa acusación es muy grave y tendrá que demostrarla!

—¡Que yo no he hecho nada! —grité, fastidiándola dos veces. La primera, porque descubrí nuestra posición de espías y, la segunda, porque a causa de mi enfado, me caí por la ventana, arrastrando a mis amigos hasta darnos de narices justo en la mesa redonda donde discutían aquellas personas tan importantes. Jo. Muy fuerte.

—¡Ahí lo tiene! —bramó don Bernardo Machiavelli, señalándome con su dedo enguantado en negra piel de cabritilla—. ¡Su nieto siempre está donde no le corresponde! Pregúntele por qué fue el primero en descubrir a los atletas dormidos.

—¡Por pura casualidad! —saltó en mi defensa Lisa—. Además, la primera que los vi fui yo desde un árbol.

—Entonces tú eres tan culpable como él, jovencita.

—¡Oiga usted! —dijo, furiosa, su madre—. ¡Deje en paz a mi Lisa!

—Este tío está tan zumbado como Maqui —concluyó Miguel Ángel.

—Oiga, señor, yo no le he hecho nada a los deportistas, salvo encontrarles más fritos que el palo de un churrero —le dije—. ¿Qué pruebas tiene usted contra mí?

—¡No las necesito! Ya sé qué clase de niño eres…

Entonces, ocurrió. Mi abuelo se puso colorado como un tomate, luego morado y, al final, amarillo. Se levantó de la mesa como un cohete, se fue bufando cual toro frente al padre de Maqui y, abriendo la puerta de la biblioteca, le gritó en plan huracán en la cara:

—¡FUERA DE MI CASAAAAA! —y, claro, al tipejo no le quedó más remedio que salir corriendo. Después, mi abuelo respiró hondo, sonrió y, tranquilamente, volvió a su asiento—. Y, ahora —dijo—, recapitulemos. Mañana comienzan las Olimpiadas y no tenemos participantes. ¿A alguien se le ocurre una forma lógica de resolver el problema?

—Pues… a mí se me ocurre una —solté, echándole valor—. Buscar un nuevo grupo de atletas.

—Muy bien, hijo —dijo mi abuelo—. Y ¿dónde están esos muchachos?

Entonces, miré a mis amigos y, sin decirnos nada, sonreímos y nos entendimos perfectamente.

—Los tienes delante de tus narices —le contesté.

—¿Vosotroooooos? —preguntaron todos a la vez.

—¡Claro! ¿Por qué no? —dijo Lisa—. Nosotros y nuestro grupo de amigos llevamos muchos años practicando deportes en las clases extraescolares.

—Es verdad —la apoyó su madre—. Lisa y su amiga Chiara son muy buenas en gimnasia rítmica.

—Y yo juego al baloncesto y lanzo el disco que lo flipas —añadió, muy chulito, Miguel Ángel.

—Boti y Rafa son geniales con el remo y yo he ganado dos concursos de natación —solté.

—¡Nadie debe participar en los Juegos! —vociferó don Girolamo—. ¡Y estos niños maleducados, mucho menos!

—¡Oh, Dios mío! —añadió don Pepperoni, con los bigotes a punto de salírsele de su morrete—. ¿De verdad vamos a dejar en manos de Leo, que gracias a sus extraños inventos inunda e incendia la clase día sí y día también, unos Juegos Olímpicos?

—¿Se le ocurre una opción mejor? —dijo entonces chulito mi abuelo mientras me miraba orgulloso.

¡Y lo conseguimos! Aceptaron mi propuesta… Vale, igual porque no tenían otra. El caso es que mis amigos y yo nos convertimos ni más ni menos que en ¡ATLETAS OLÍMPICOS! ¡Roma, prepárate porque lo vamos a petar! Yo estaba más feliz que una perdiz hasta que, inesperadamente, llegó Rafa y, gracias a su vocación de detective, se confirmó lo que hasta ahora era solo una sospecha:

—He encontrado una prueba que demuestra que el extraño sueño de los atletas no es accidental, sino provocado.

¡Toma! Alguien, deliberadamente, había querido quitárselos de encima. Y, claro, la pregunta entonces era: ¿ese «alguien» querría eliminarnos a nosotros también?

EL LIBRO SECRETO DE LOCUSTA

Un siniestro y diminuto bote de cristal con el dibujo de una serpiente. Esta era la prueba que Rafa había encontrado en el centro de entrenamiento de los atletas. En su interior conservaba todavía un extraño líquido verde y viscoso.

—Estaba justo aquí —nos dijo, señalando el suelo—, a dos pasos de los deportistas. Vine a investigar porque mi primo Giovanni es uno de los atletas dormidos y quiero ayudar a despertarlo.

—Pues claro, tío… —le dije mientras le daba una palmada de ánimo en el hombro—. Ya verás cómo lo hace. Pero, primero, tenemos que averiguar qué narices hay en ese bote…

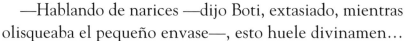

—Hablando de narices —dijo Boti, extasiado, mientras olisqueaba el pequeño envase—, esto huele divinamen...

Y, *¡plaf!*, cayó desmayado al suelo, justo sobre los pies de Chiara.

—*¡Auuu!* —gruñó ella.

—¡¡¡Boti!!! —gritamos todos, alarmados.

—¡Este tío es *mu'* tonto! —protestó, dolorida, Chiara—. ¿A quién se le ocurre oler eso?

—Mujer —dijo Lisa, intentando calmar los ánimos de su amiga—, lo habrá hecho por investigar...

—¡Y un pimiento! —le contestó—. ¡Y, ahora, quitádmelo de encima!

A la de una, a la de dos y a la de tres: tiramos de Boti apartándole de los quesillos de Chiara, que ya empezaban a ponerse morados del peso de nuestro despistado amigo.

—¿Le pasará como a los atletas y se quedará sopa durante unos días? —preguntó Miguel Ángel.

—Mami, *agugu tata*, quiero un bocadillo de jamón... —dijo Boti, mareado.

¡Bien! No le habíamos perdido. Con un poco de agua fría directa en el careto le podríamos despertar del todo. La verdad es que teníamos mucho que agradecerle porque, gracias a su metedura de pata, habíamos comprobado el efecto de aquel extraño líquido. Sin duda, estábamos frente a un terrible y maléfico veneno.

—¿¿¡Un VENENO???—preguntaron mis amigos, asustados.

—*Pa'* mí que sí —les contesté—. Pero, si queréis que os diga cuál es exactamente, así como disponer de un antídoto, tendremos que ir a mi taller, majetes. Allí, dentro de siete cajas, bajo siete cerrojos, con siete llaves, guardo el tratado sobre venenos más completo que jamás se haya escrito nunca: el *Libro secreto de Locusta*.

—¿Lo qué…? —preguntó Miguel Ángel.

—Tú calla y sígueme.

Unos minutos después ya estábamos en mi taller.

—Rápido, Spaghetto —grité—, prepara mi laboratorio.

—¡Señor, sí, señor! —contestó mi pajarillo, llevándose el ala a la cabeza en ademán militar, hablando en un idioma que solo yo podía entender.

Ante la atenta y un poco pasmada mirada de mis amigos, Spaghetto y yo nos vestimos con bata, guantes y hasta con unas gafas especiales. Cogí una gota del veneno con una pipeta, lo puse en un tubo de ensayo, lo calenté con una pequeña llama y, por último, observé el líquido resultante a través del *microscopíleo*, es decir, uno de mis inventos para aumentar el tamaño de sustancias megacanijas y que, además, hace patatas fritas.

—¡Ajajá! —exclamé—. ¡Está clarísimo!

—Estará clarísimo *pa'* tu tía —protestó Miguel Ángel—, porque nosotros no estamos pillando nada, colega.

—Ah, sí, perdón —rectifiqué—. Veréis, con todos estos cachivaches he encontrado los componentes del veneno.

—¡Aaah! —me dijeron todos, con una boca tan abierta como un túnel.

—Con esta información, puedo consultar de qué veneno se trata en el *Libro secreto de Locusta*. Spaghetto, *please*, procede.

—¡Marchando un libraco de venenos! —y mi pajarillo localizó rápidamente el libro, lo sacó con el pico y lo dejó

caer por un tobogán-escalera que he inventado para estas ocasiones.

—¡Lo tengo! —grité—. ¡Venga, chicos —dije, después, a mis amigos—, venid a verlo, que no muerde!

Y, al instante, tenía a los colegas sobre la chepa, observando aquel tochazo de libro, lleno de telarañas y polvo y carcomido por el tiempo. Sus tapas de color negro, así como la calavera amarilla que estaba dibujada en el centro, no animaban a abrirlo, precisamente. Pero el deber era antes que el canguelo, así que reuní el valor suficiente para levantar la tapa e ir pasando páginas, a cual más terrorífica puesto que, junto con el nombre de los venenos, había dibujos de cómo quedaban los pobres desgraciados que los tomaban.

—¿Y quién era la Colusta esta? —preguntó Chiara, interesada.

—Locusta —corregí—. Era la envenenadora oficial de Agripina, la mujer del emperador Claudio. Quería que gobernara su hijo Nerón y, por eso, le pidió que eliminara a su propio marido y a mucha gente más. Muy fuerte.

—¡Pero qué mala era esa tía! —protestó Rafa.

—Ya te digo —confirmé—, casi tanto como el tipo que ha envenenado a nuestros atletas… ¡Mirad! —les dije, señalando el libro—. Aquí lo tenemos. ¡Les ha dado un veneno llamado *Totusfritus*!

—¿Quéee? —exclamaron mis amigos.

—Tiene los mismos ingredientes que he analizado: jugo de moscas tse-tse, tila y… *Hierbajus Romanus*, una planta que solo crece en Roma. ¡Y mirad los efectos! —pedí, señalando la parte baja del libro—: «Los envenenados pueden llegar a dormir hasta tres semanas seguidas».

—¿Y solo con esas sustancias una persona puede quedar en los brazos de Morfeo durante tanto tiempo? —preguntó Lisa, incrédula.

—Bueno —contesté—: «Nada es veneno, todo es veneno: depende de la cantidad».

—¿Y qué hay del antídoto? —preguntó Rafa, preocupado por su primo.

—Aquí pone que la única forma de revertir el efecto es destilando la planta *Despabila Caranguila* que, de nuevo, solo crece en Roma, en las orillas del río Tíber.

—¡Pues iremos a por ella y se la traeremos! —exclamó Lisa con las pilas puestas.

No había vuelta atrás. Mis amigos y yo éramos la única posibilidad de mi pueblo para participar en los Juegos Olímpicos y, ahora, también lo éramos para los atletas sopadetes. La sombra del peligro nos acechaba, pero nosotros somos unos tíos valientes y, después de todo, ¿qué es la vida sino una emocionante aventura?

LA CIUDAD DE LOS LOBEZNOS

—¡Esa Roma, cómo mola, se merece una ola! —gritamos todos, entusiasmados, en el carromato que nos había puesto la organización de los Juegos al llegar a la ciudad.

Estaba un poco rota, porque a algunos teatros y construcciones romanas les faltaba un montón de cachos, pero daba igual; era maravillosa. Según la leyenda, Roma nació gracias a la loba Luperca, que ya le vale a la loba, llamarse con un nombre tan raro… El caso es que el bicho se encontró un día a dos bebés gemelos, Rómulo y Remo, flotando en una canasta en el río. La loba primero pensó en papeárselos fijo, pero luego le debió de dar penilla y dijo: «Venga, va, los amamantaré a ver si me fundan una ciudad o algo». Y así empezó la cosa.

—*Un momentino!* —gritó el chófer del carromato, parando junto a una gran iglesia de piedra. Se bajó de un salto y, desde el suelo, nos dijo—: Y, ahora, espérenme aquí, que yo voy a *la toilette*.

—¿*Ca'* dicho? —preguntó Miguel Ángel.

—Que va a hacer pis —contesté.

—Aaah. Vale.

Y esperamos. Y esperamos. Y esperaaaaaaaaaaaaamos. Y nos aburrimos.

—Mucho pis tiene este, ¿eh? —soltó Spaghetto.

—¿Y si nos damos una vueltecita? —sugirió Boti.

—¿Quién quiere dar una «vueltecita» —dijo Lisa, señalando a nuestra espalda—, pudiendo ver una cara terrorífica y fantasmal justo en la pared de esa iglesia?

Y, ¡*zas!*, en cero coma tres segundos nos volvimos hacia el aterrador rostro esculpido en la piedra. Era como una galleta gigantesca y tenía agujeros en los ojos, en la nariz y, lo peor, en su terrorífica boca.

—A mí me recuerda a la Boca de León de Venecia —dijo Rafa—, ese buzón cobardica en el que metieron una denuncia contra tu tío Francesco, acusándole de robar una oveja.

—Pues es verdad —le dije—, ¡se parece!

—No tenéis ni idea, tontacos —sentenció Chiara, tan dulce y delicada como un collar de melones, mientras cruzaba los brazos y sus ojos dibujaban una mirada desafiante—. Esto es la Bocca della Verità.

—¡Hala! —exclamamos todos, asombrados por lo lista que era nuestra colega.

Y, como si fuera una profe, Chiara se apoyó en la pared para explicárnoslo, diciendo:

—Esta boca es una prueba de fuego contra los mentirosos porque, según la leyenda, aquel que diga una trola y meta la mano… *¡zas!*, la pierde.

—¡Es genial! —dijo el bestia parda de Miguel Ángel.

—¿Puedo probar? —dijo Boti. Y, antes de obtener respuesta, ya tenía toda su manaza dentro—. Voy a decir que…, que…, ¡que se me ha escapado un *pedorreishion*! Ja, ja, ja.

Tic, tic, tic… Instantes de tensión.

—¿Nada? —pregunté—. ¿La boca no te muerde?

—¡Puaj! ¡Qué gorrino! —dijo Lisa, tapándose la nariz con la mano—. ¡No le muerde porque se le ha escapado de verdad!

—¡Juas, juas, juas! —nos reímos todos, Boti incluido.

—Vale, ahora le toca a Leo —dijo Chiara, guiñando el ojo a Lisa. Y, como es tan bruta, agarró mi mano y la metió en aquella horrible boca a la fuerza. Y soltó el bombazo—: Yo digo que a Leo le gusta Lisa.

—¿Qué? —grité—. Pero ¿de qué vas? —y, claro, yo no podía dejar que se me viera el plumero, así que grité, con toda la bocaza abierta—: ¡¡¡Que a mí no me gusta Lisa!!!

¡Y pa' qué dije na'! Al instante, ¡ñam!, sentí un mordisco.

—¡Au! —grité—. ¡La boca se ha comido mi mano!

—¡Oh, no! —exclamaron todos, asustados.

Rápidamente, tiré de mi brazo para ver el desastre y… ¡hala, qué corteee!

—¡Venga ya, tío, si tienes la mano entera! —dijo Miguel Ángel, con cierta decepción.

—¡Oye! —le dije, indignado—. ¡Cualquiera diría que te parece mal! —y, entonces, pude comprobar que del dedo índice de mi mano colgaba una lagartijilla. ¡Ah, qué granuja! Ella era la responsable del mordisco.

—¡Pues muérdele tú a ella! —me dijo Boti, muy decidido.

Pues, sinceramente, no me pareció bien la idea. Es más, me dio asco. Así que sacudí la mano y mandé al reptil volando hasta Alpedrete. Por el camino, el bicho rozó los pelos del chófer de nuestro carromato, que ya había vuelto de *la toilette* y estaba deseoso de llevarnos a nuestro destino: el COLISEO ROMANO.

¿Cómo era el Coliseo? ¡Era la caña! Un teatro de 190 metros de largo, 155 de ancho y 50 metros de altura. ¡Como un campo de fútbol! Tenía cuatro pisos de altura y desde fuera podían verse ochenta arcos bien majetes. ¿Lo mejor? ¡Que dentro cabían hasta cincuenta mil personas! Y ahí precisamente era donde íbamos a competir nosotros, unos pobres desgraciadillos del pueblo de Vinci. Uf. Demasiado.

Agarramos nuestros zurrones de deporte y nos dirigimos hacia la planta baja y los sótanos, donde la organización había instalado la Ciudad Olímpica, es decir, el lugar donde entrenaríamos, comeríamos y, *of course*, dormiríamos a pata suelta junto con el resto de atletas durante los cuatro días que duraría la competición.

—… habitaciones xv, xvi y xvii —nos dijo una recepcionista rubia y bajita, vestida con una túnica blanca, hablando en latín, que es el idioma que utilizaban en el Coliseo hace mogollón de siglos.

—Y, eso, ¿por dónde cae? —pregunté.

—¿No sabéis llegar a la zona T, sección H, sótano P, puerta Q, escalera Z? —preguntó la muchacha, incrédula.

—Pues hija mía, va a ser que no —le contesté.

—No os preocupéis —dijo una voz de mujer a nuestra espalda—. Yo os llevaré.

Y, al volver el pescuezo para descubrir a quién pertenecía esa voz, ¡tachán! ¡Era ni más ni menos que la gran gimnasta Almudenina Cidini, que estaba con toda la pataza arriba, practicando un ejercicio, y vestida con un *maillot* rosa superchulo! ¡Qué simpática y qué guapa era!

—¿De verdad harías eso por nosotros? —le dije, mirándola extasiado.

—Sí, claro —dijo Almudenina. Y, entonces, acercándose a mí, cogió mi cara con sus delicadas manos y, mirándome a los ojos, preguntó—: ¿Nos conocemos? Es que tengo la sensación de que nos hemos visto antes.

—Pu…, pu…, pu…, pues no me su…, su…, suena —le contesté, nerviosillo.

—Estás tartamudeando —me susurró Lisa, ligeramente mosca, tras arrearme un codazo.

—Es igual —resolvió Almudenina—. Se nota que es la primera vez que venís. Así que ¡agarrad vuestros bártulos y seguidme!

—¡Gracias, Almu! —gritamos todos.

Y, con ella, caminando por las laberínticas galerías del Coliseo, llegamos a nuestras habitaciones, donde dejamos nuestras bolsas y maletas.

—Y, ahora que ya os habéis instalado —dijo Almudenina—, ¿queréis que os enseñe el recinto?

—¡Sí, por favor! —contestamos todos, sonriendo con la boca abierta en plan sandía.

—Muy bien —dijo Almudenina, y nos guio por la planta baja del Coliseo, donde había cientos y cientos de atletas practicando sus disciplinas—. A la derecha —señaló—, está el equipo de Turín entrenando el salto de valla.

—¡Parecen canguros! —exclamó Spaghetto.

—A la izquierda, podéis ver a los napolitanos practicando el … ¡agachaos! —gritó—. ¡El lanzamiento de jabalina!

Y, *¡fishhh!*, una lanza pasó rozándonos la cabezota y se clavó en el suelo.

—¡Es alucinante! —exclamó Rafa—. Siempre he soñado con estar aquí.

—Y ahí está el equipo de hípica de Verona. Claro, que… —y, entonces, en su cara se dibujó la tristeza—, primero, tienen que recuperarse sus pobres caballos.

—¿Qué les ha pasado? —preguntó con curiosidad Boti.

—Les ha dado una indigestión, ¡a todos a la vez! Pero es que no ha sido la única desgracia... —y añadió, con preocupación—. ¡Chicos, tenéis que tener cuidado!

—Almu —le dije, oliéndome algo raro—, ¿qué está pasando aquí?

—Pues…, pues no podemos demostrarlo, ¡pero creemos que hay alguien que quiere arruinar la competición y está fastidiando a los deportistas! A unos les aparecen pinchados los balones, a otros les desaparecen las zapatillas… ¡Incluso han encontrado las pesas de halterofilia cambiadas por algodón de azúcar! No sabemos de quién se trata. Por eso, debéis tener mucha precaución. Ahora tengo que volver al entrenamiento pero, por favor, llamadme siempre que me necesitéis.

Y, tras darnos un fuerte abrazo (con beso y achuchón incluidos), se marchó con su melena al viento, dejándonos alucinados pero, también, con bastante miedo y canguelo.

—Ay, madre. ¿Vosotros creéis que corremos peligro? —pregunté.

La respuesta no se hizo esperar. Al abrir la puerta de nuestras habitaciones, nos llevamos un disgusto talla XXL: ¡¡¡alguien había robado nuestra equipación!!! Y también nuestros gayumbos y nuestra comida y nuestro dinero. ¡Hasta el alpiste de Spaghetto!

Y ahora, ¿cómo íbamos a competir? Y, lo peor, ¿cómo íbamos a sobrevivir esos cuatro días en Roma?

¡NOS HEMOS QUEDADO SIN PASTA!

Cabizbajos y cariacontecidos. Así es como Lisa, Miguel Ángel, Chiara, Boti, Rafa, Spaghetto y yo mismo caminábamos por las empedradas calles de Roma después del desastre. ¿Estado físico? Chungo. ¿Estado mental? *Cacafuti*.

Rgrrrgggrrrgggrrr, rugió el estómago de Boti.

—¡Tengo hambre! —gritó, deteniéndose en el camino.

—Pues te fastidias —soltó Chiara—. No hay papeo.

—¡Mecachis! —replicó Boti—. ¡Leo, tío, tenías que haber guardado la lagartija!

—Sí, hombre —contesté—, para que tú te la comieras de aperitivo. A ver, chicos, tranquilidad. Todavía no ha llegado el momento de devorarnos los unos a los otros.

—¡Yo me pido a Boti, que tiene más mollita! —dijo Miguel Ángel, en plan gamberro, con el consiguiente gesto de susto de Botticelli.

—¡Chicos, no todo está perdido! —dijo Lisa, indicando el suelo con la punta de su pie—. ¡Una moneda!

—¡Estamos salvados! —dije, cogiéndola rápidamente para que nadie nos la mangara—. ¡Con esto tenemos para una barra de pan!

—¿Y *pa'* poner dentro? —preguntó Rafa.

—Si cuando yo decía que no había que despreciar la lagartija… —añadió Boti.

—*Pa'* poner dentro, ya veremos —contesté y, dándole la moneda a Boti, le dije—: Amigo, ¿ves esa fuente tan grande con Neptuno, el rey de los mares, y unos caballos en remojo que está al lado de una panadería? Pues coge la moneda y ya sabes lo que tienes que hacer.

Y se lio. Pero gorda. Porque yo esperaba que Boti comprara una barra de pan en la tienda. Pero ¿qué hizo él? ¡Echó la moneda a la fuente!

—¡Boti! ¡No! —gritamos todos al ver cómo nuestra única posibilidad de papeo se precipitaba al agua.

—¿Qué pasa? —contestó, con carilla inocente, mientras nos tirábamos encima de él en plan salvaje—. ¡He tirado la moneda para pedir un deseo, el de encontrar comida!

—¡Pues mi deseo va a ser tirarte a ti a la fuente! —le dijo, enfurecido como un lobo, Miguel Ángel.

—Fontana di Trevi —me pajareó Spaghetto, leyendo un cartel que había en la parte baja de la fuente—: «Instrucciones de uso: tirar una moneda para volver a Roma y dos para encontrar el amor». ¡Esta fuente no nos sirve!

La habíamos fastidiado. Definitivamente. Ahora, el que quería comerse a Boti era yo. Dejarnos sin barra de pan… ¡ya le vale!

Y el sol fue bajando poco a poco mientras mi grupete cruzaba el puente sobre el río Tíber en medio de un concierto de sonidos de tripas producido por el hambre.

—Si al menos pudiéramos encontrar un trabajo para ganar unas monedas... —les dije.

—Se buscan pintores y escultores —dijo entonces Lisa.

—Sí —respondí—, eso estaría bien. Pero, mecachis, ¿dónde se encuentra un currelo como ese?

—Ahí en frente: «Se buscan pintores y escultores. Si son baratos, mejor. Preguntar por el Papa. Gracias» —leyó Lisa en el letrero de una enoooooooooooorme basílica dedicada a San Pedro.

—¡Genial! —dijimos todos.

Y entramos rápidamente en la iglesia, donde encontramos a un señor vestido todo de blanco, con una brocha en una mano y un cincel en la otra, intentando arreglar como podía unos dibujos y unas esculturas muy feas que decoraban el lugar.

—Buenas —le dije—. ¿Sabría decirnos dónde está el Papa, por favor?

—¿Has visto cómo han esculpido esa virgen? —me preguntó aquel hombre, disgustado, sin contestar a mi pregunta—. Parece un señor con bigote. ¿Y cómo han pintado ese angelito? Es como un churro malagueño.

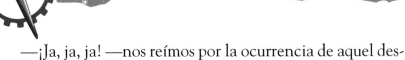

—¡Ja, ja, ja! —nos reímos por la ocurrencia de aquel desconocido.

—¡Ah! —nos dijo, encantado—. ¿Os gustan los chistes? Pues aquí va uno: ¿sabéis qué le dice un jaguar a otro? *Jaguar you?*

—Ji, ji, ji— volvimos a reírnos.

—¿Y tenéis idea de dónde vienen los hámsteres? ¡De Hámsterdam!

—¡Juas, juas, juas! —soltamos todos, sin poder parar de reír.

—Bueno, chicos —nos dijo—, y, ahora, ¿para qué buscáis al Papa?

—Por el trabajo de pintores y escultores —contesté.

—Es que necesitamos la pasta… —añadió Chiara.

—… porque nos han robado y no tenemos ni para comer —completó Lisa.

—¡Y Miguel Ángel me quiere devorar! —añadió, preocupado, Boti.

—Ok, chicos, tranquilos —nos dijo aquel hombre con una sonrisa amable—. Os prepararé personalmente un asado argentino con salsa chimichurri y unos alfajores con dulce de leche. Y, después, ¿sois buenos pintores y escultores? Porque los que había contratado para la basílica de San Pedro y la Capilla Sixtina trabajan francamente mal.

—¡Por supuesto! —contesté—. Miguel Ángel es la caña con el mármol y Rafa y Boti son dos *cracks* dándole al pincel en cuadros y paredes. Hombre, y yo también puedo hacerle algún cuadro, o una caricatura o algo.

—¡Relindo! —contestó—. Empezaréis esta tarde y, bueno, os daré un pequeño adelanto para que podáis cubrir gastos, ¿sí?

—¡Por supuesto! —contesté—. Pero, oiga, ¿no deberíamos preguntárselo primero al Papa?

—Ya lo habéis hecho —dijo, sonriendo—, y a él le parece bien.

Y, así, nos enteramos de que aquel tipo era ni más ni menos que ¡el Papa! ¡El superjefazo de la Iglesia católica! Nos lo esperábamos más estirado, y flipamos cuando le vimos con la brocha de pintura, barriendo los suelos, contándonos chistes y dándonos de comer en su propia mesa.

—Es que, para hacer mi trabajo bien —nos dijo—, el primer siervo tengo que ser yo.

Y pasamos una tarde estupenda, papeando, cantando tangos y riendo. En definitiva, tomando fuerzas para la gran competición que empezaría al día siguiente. Una competición que iba a resultar muy, pero que muy difícil.

¡TODOS AL AGUA!

—¡Esta es la hierba *Despabila Caranguila?* —dijo Lisa, señalando las hojas rojizas de una extraña planta que crecía en el margen del río Tíber, donde estábamos en ese momento.

—Creo que sí —contesté, comparándola con la hierba dibujada en el libro de venenos de Locusta que había traído de mi biblioteca.

—¡Guay! —exclamó Chiara—. ¡Pues vamos a llevársela a los bellos durmientes de Vinci para que despierten!

—¡Yo me presto voluntario para transportarla volando! —pajareó Spaghetto.

—Parad, chicos, seguid leyendo el libro, donde pone: «Antídoto —apunté—: Para que esta planta despierte a los aletargados, debe secarse cinco días al sol con sumo cuidado».

Cinco días. Justo el tiempo que tardaríamos en participar en las Olimpiadas y regresar a Vinci. Lisa metió entonces las hojas en el bolsillo de su falda y suspiró, pensando en los muchachos que aún seguirían perdidos en su larguísimo sueño.

¡Pero nosotros no podíamos dormirnos! Sobre todo yo, que en pocos minutos tenía que participar en la prueba de natación justo en el río que tenía enfrente de mis narices. Yo había ganado un par de medallas nadando en el río de mi pueblo, el Arno. Pero, claro, el Arno era mucho más canijo que este. ¡El Tíber tenía casi cuatrocientos metros de ancho! Nacía en mi tierra, la Toscana, en el monte Fumaiolo, y atravesaba la ciudad de Roma antes de desembocar en el mar Tirreno. Y tenía mogollón de puentes, como el que ahora teníamos sobre nuestras cabezas.

—Voy a probar cómo está el agua —me propuse, metiendo el dedo gordo del pie derecho—. ¡*Guasss*! —grité, retirándolo a la velocidad de un rayo—. ¡Está diez grados más fría incluso que la del Polo Norte! —exclamé.

—Qué cagueta eres —me dijo Miguel Ángel—. A ver…

Y, al introducir su mano en el agua, apretó los labios y su cara pasó de estar blanca a estar roja y, luego, azul.

—¡Vale! —añadió tiritando—. ¡No he dicho nada!

La gente empezó a llegar y a arremolinarse a ambas orillas del río para ver la competición con trompetas y banderines.

—¡Ahí están los atletas! —indicó Chiara, señalando los puestos de salida—. Jopé —añadió—, ¡vaya tableta de chocolate que tienen!

Y eso, no nos engañemos, me dolió un poco, porque yo no tenía ni tableta, ni chocolate, ni *na'*.

—LA COMPETICIÓN VA A COMENZAR —dijeron por *cuernofonía*, o sea, a través de un enorme cuerno por el que la voz sonaba muchísimo más alta. Y, no os lo vais a creer, ¡yo no tenía bañador, porque los ladrones que entraron en la habitación me lo habían robado!

—¿Vas a nadar en *bolingas?* —preguntaron Lisa y Chiara, muertas de la risa.

—¡Que te lo has creído! —contesté, muy digno—. Rafa y Boti han ido a comprarme uno y tienen que estar a punto de llegar con él.

Y no me equivocaba. En cero coma tres segundos aparecieron mis amigos, corriendo y agitando un bañador en la mano.

—¡Allá va! —gritaron mientras me lo lanzaban al careto.

—Pero… ¿esto qué es? —dije, con las cejas tan arqueadas que casi se salen de mi frente, al ver la tela decorada con dibujos de corazoncitos.

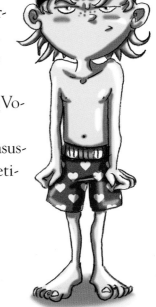

—Tío, apáñate, que es lo único que hemos encontrado —me dijo Rafa.

—Era este o el rosa de ositos besucones —completó Boti.

Vale. El de corazoncitos. Mejor. Pero, jo, ¡qué corte!

Fui a cambiarme a la sala de entrenamiento, un lugar construido en mármol blanco que tenía una larga fila de duchas cerradas a lo largo de un pasillo. Abrí la puerta de una cabina, entré, cerré y, justo cuando me ponía el bañador, escuché un ruido de pasos.

—¿Chicos? —pregunté—. ¿Estáis ahí?

Nadie respondió. Huy. Aquello empezaba a mosquearme. Y se oyó un rugido:

—¡Arrrgggh!

¡Toma! ¡Era el momento de salir pitando! Así que, con el bañador en el culillo y la alerta en mi corazón, salí por el lado opuesto del que venía el bramido y corrí que me las pelé hasta llegar junto a mis amigos.

—Chicos —les dije—, barrunto peligro. ¿Vosotros habéis visto algo sospechoso?

—No, nada de nada —me aseguró Lisa, asustada—. ¿Crees que van a boicotear la competición?

Pero no pude responder:

—Nadadores, a sus puestos —dijeron al instante por *cuernofonía*, y a mí ya solo me quedó mirar a mis amigos con cara de pollo triste y dirigirme a la plataforma de salida como la oveja que va al matadero.

—¡Preparados! —exclamó un señor que parecía una pera, con un cuerpo regordete, vestido con túnica romana, y una cabeza delgada como un rabito—. ¡Listos! ¡Ya!

Y con una pistola disparó una bala al aire, que pasó rozando las plumas traseras de Spaghetto.

—¡Tu padre! —se oyó decir a mi pájaro, enfadado al ver salir humo de pólvora de su culillo.

—¡Ánimo, Spaghetto! —le grité.

Y, al instante siguiente, mi cuerpo hizo *¡splasss!* al tirarme de cabeza al agua. No es que estuviese fría, es que era puro ¡¡HIELOOOOOOO!!

—¡Le-o! ¡Le-o! ¡Le-o! —gritaban mis amigos desde la orilla para animarme. No podía defraudarles, y al pueblo de Vinci, al que yo representaba, tampoco. ¡Pero es que estaba tieso de frío y de miedo!

—¡Leo, tú puedes! —me gritó Rafilla a pleno pulmón.

Y pensé: *pues igual tiene razón el chaval*. Así que me imaginé siendo un ágil delfín que se movía por los mares tropicales del Sur, o sea, *mu'* calentitos, persiguiendo un bocata de chorizo. Oye, ¡y funcionó! De repente, dejé de sentir el frío pelón y mis brazos y piernas, hasta entonces entumecidos, empezaron a moverse tan rápido como las aspas de un molino accionadas por el viento. Y, aunque me había quedado el «ulti», enseguida comencé a recuperar posiciones, dispuesto a convertirme en el «primer».

Pasé a un nadador pelirrojo de Verona y a otro muy cabezón de Pisa y, justo cuando me aproximaba a la meta, vi a mi alrededor unos curiosos troncos verduzcos. *Mmm…, qué raro,* cavilé. *¿Qué harán estos cachos de madera precisamente aquí y ahora?*

Pronto descubrí que era una tontería preocuparme por unos troncos, ¡cuando podía hacerlo por unos COCODRILOS! Sí, amiguetes, «eso» que flotaba a mi lado eran cocodrilos que se acercaban con sus fauces abiertas, mostrándome sus dientes, y no porque yo fuera su dentista. Y, encima, solo se acercaban a mí, pasando de los demás nadadores.

—¡Que se lo papean! —gritó Lisa, asustada.

—¡Rápido, piedras! —exclamó Miguel Ángel, porque los cantos rodados siempre han sido lo suyo.

Y mis amigos comenzaron a lanzarlas contra los cocodrilos, hasta que, ¡au!, una me dio en el ojo.

—¡Parad! —protesté.

—¡Encima que te echamos un cable! —reivindicó Chiara.

Vale. Mis amigos tenían muy buena intención, pero muy mala puntería. Si no quería acabar en la barriga de los cocodrilos, tenía que solucionarlo por mi cuenta. Y, *cric, craaac, cruuuc*, mis neuronas se pusieron en funcionamiento y ¡se me ocurrió una idea!

—¡Chicos! ¡Tiradme más piedras! —grité.

—¿Ahora quiere que lo apedreemos? —preguntó Boti, incrédulo—. Pobrecillo, lo hemos dejado medio tonto —añadió con preocupación.

Y, aunque no entendían nada, mis amigos volvieron a lanzar los pedruscos. Conforme me iban llegando, yo los volvía a tirar, ahora hacia la boca de los cocodrilos, como si fuera un juego. ¡Y surtió efecto! Al instante, los bichos empezaron a hundirse a causa del peso y se apartaron, dejándome paso hasta la meta.

No gané una medalla, claro, ¡pero al menos conservé mis huesitos!

—¡Leo! —dijo Lisa, asustada, cuando se acercó a mí tras la carrera—. ¿Estás bien?

—Sí, pero me he librado por los pelos —contesté, aún empapado—. ¿Habéis visto quién ha echado los cocodrilos al agua?

—No —respondió Rafa—. Solo nos ha dado tiempo a distinguir la figura de un hombre que huía por los matorrales.

—A mí me pareció que llevaba minifalda —añadió Boti.

—¡Venga ya! —tronó Miguel Ángel—. ¡Quién se va a poner minifalda en pleno Renacimiento! Que no te enteras, Boti, que aquí vamos todos muy tapadetes.

—¡Mirad! —exclamó Chiara, señalando hacia el suelo—. Justo entre los hierbajos por donde se marcharon esos tipejos hay una caja de lápices de colores.

—Mmm… —dije—. Qué extraño. ¿Para qué querrán esos delincuentes unos lápices?

GIMNASIA RÍTMICA

¡Tachán! Llegaba ahora el turno de la competición de gimnasia rítmica. Se celebraba en el propio Coliseo, sobre el tapiz reglamentario.

De repente, apareció Almudenina, como un hada que bailara una exótica danza, haciendo ondear en el aire una cinta azul. Iba vestida con un *maillot* del que pendían tiras de seda dorada como si fueran alas, y se acercó a nosotros haciendo mil saltos y piruetas.

—A que se escorromoña… —dijo Boti al verla.

—No, hombre, esto para ella está *chupao* —afirmó Rafilla.

—*Ejem, ejem…* —carraspearon a nuestra espalda. Retorcimos el cuello, para mirar como los búhos, y los chicos y yo

nos quedamos alucinados al ver a Lisa y Chiara, guapísimas, vestidas con *maillots* blancos bordados con lentejuelas verdes, como si fueran pequeñas duendecillas procedentes de una seta mágica del bosque.

—Cómo molan —me dijo Miguel Ángel, observándolas embobado.

—¿Siempre han sido así de monas? —me preguntó Spaghetto al oído.

—Muy bien, chicas —les dijo Almudenina—. ¿Dispuestas a competir?

—¡Dispuestas! —contestaron Lisa y Chiara decididas, aunque un pelín inquietas. Entonces, Almu les dio un beso en la frente, las cogió de las manos y se las llevó a la zona de competición.

—A continuación, la representante de Florencia, por el Club Petrarca de Arezzo, Almudenina Cidini —dijeron por *cuernofonía*.

La atleta nos miró, sonriendo, se calzó sus punteras, preparó su cinta y se puso de puntillas para salir. Pero, ¡ay, amiguetes! Cuando quiso estirar una pierna para bailar, ¡no pudo hacerlo! Sus pies no le obedecían y le era imposible levantarlos del suelo. Así que empezó a tambalearse y a aletear con los brazos, cual pollo loco, hasta que, ¡pataplaf!, trompazo contra el suelo.

—¡Cero patatero! —dijeron tres jueces vestidos con túnica romana. Uno de ellos era alto y fornido, otro de complexión mediana y el tercero muy feúcho y encanijado.

—¡Pe…, pero si ni siquiera ha empezado su ejercicio! —grité.

—Por eso está eliminada —añadió el más pequeño.

—¡Y un jamón! —le dije—. ¡Todo esto es obra de un sabotaje, como hace un rato, que casi me comen los cocodrilos!

—Mmm… Eso es muy serio —comentó el más fuertote—. ¿Tienes pruebas que lo demuestren, hijo?

—Pues las…, las… ¡Bueno, vale, no tengo pruebas! ¡Pero sé que algo raro está pasando y ustedes deberían investigarlo!

—Así lo haremos, muchacho —dijo el juez de estatura mediana. Y se fueron por donde habían venido.

Yo también me fui, pero a preguntarle a Almudenina en plan detective:

—Hija mía, *¿ca' pasao?*

—Mira —me dijo, señalando sus zapatillas, con la nariz tan roja como un pimiento morrón—. ¡Alguien ha puesto una sustancia en las puntas y no se podían despegar del suelo!

—Almu, yo no es que desconfíe, ¡pero no se ve nada!

—Ya —contestó—. Estos tipos deben de ser muy listos y habrán utilizado algún líquido que desaparezca enseguida.

—Me lo creo —contesté. Y, al instante, vi cómo Chiara se acercaba al tapiz.

—¡Comprueba tus zapatillas antes de salir! —le gritó Lisa, que estaba muy mosqueada por lo que le acababa de ocurrir a Almudenina.

—Tranqui, tronca —respondió Chiara, mirando su calzado—. Está todo bien.

Así que nuestra amiga se colocó en posición de salida, con la pelota verde con la que iba a realizar su ejercicio y, al escuchar las primeras notas de una bonita melodía, salió dando un salto en plan gacela, dejándonos a todos turulatos.

¡Guay!, pensé. *Esto mola*. Pero moló el mismo tiempo que un grillo frente al pico de un loro. Chiara hizo rodar su bola por el suelo, enviándola por detrás de una columna. Durante unos segundos, la perdimos de vista y, cuando regresó la pelota y Chiara la quiso coger…

—*¡Auuu!* ¡Pesa como el plomo! —gritó mientras le daba un tirón en las lumbares intentando levantarla.

Efectivamente, pesaba como el plomo, ¡como que era de plomo! Alguien había cambiado la pelota original por otra que no la levantaría ni una manada de elefantes.

—¡Cero patatero! —gritaron de nuevo los jueces.

—¡Y un jamón! —berreó mi amiga—. ¡Como me descalifiquen, les tiro la bola a la cabeza!

—¡Cero y expulsión! —exclamaron entonces los jueces, no sin parte de razón, por el comentario de mi colega.

—Esto no mola nada —dijo Rafa, preocupado, mirando a las chicas.

—¿Me lío a tirar piedras al público, a ver si le cae alguna a los saboteadores? —preguntó «delicadamente» Miguel Ángel.

—O mejor quemamos toda Roma, como hizo Nerón —añadí.

—¡Vale! —contestó Miguel Ángel.

—¡Melonaco! ¡Era una ironía! —aclaré.

—Chicos —soltó acertadamente Boti—; sea lo que sea, hay que hacerlo pronto, porque la siguiente en salir a competir es Lisa.

—¡Oh, pobre Lisa! —exclamó Spaghetto, tapándose los ojos con las alas—. ¿Qué le va a ocurrir?

—Nada, si podemos impedirlo —afirmé, tan seguro como chulito. Así que me dirigí rápidamente hacia ella y, sin mediar palabra, agarré sus pinreles para examinarle las zapatillas.

—¡Au! —protestó mientras se caía de culo—. ¿Te has vuelto loco o qué?

—Tú calla, que es por tu seguridad —añadí. Después, le miré el pelo, las orejas e, incluso, dentro de las narices. Y, excepto un moquillo sandunguero, no encontré nada que me pareciera sospechoso.

—¡Como sigas tocándome las narices, te voy a arrear un sopapo! —protestó Lisa.

—No te preocupes, amiga. Solo me quedan las mazas —o sea, esos palitroques de madera con los que iba a realizar su ejercicio. Así que se las quité de las manos para observarlas a través de la *vincilupa* y... ¡ajajá! ¡Ahí estaba!

—¡Lisa! —le dije, triunfal—. ¡Hay restos de mermelada! —y, después de rechupetearla, añadí—: De fresa, por cierto.

Entonces, Chiara vino hacia mí como un toro:

—¿Tú eres tonto o qué te pasa? Se acaba de comer una rebanada de pan con mermelada. ¿Qué le va a hacer, «endulzar» el ejercicio?

Hale. A la porra con mis dotes detectivescas. ¡Jo, yo lo hacía con mi mejor intención!

—EJECUTA EL EJERCICIO DE MAZAS LISA GHERARDINI —dijeron por *cuernofonía* de nuevo.

Había llegado el momento. Lisa nos miró, sonriendo e intentando aparentar calma, y se alejó de nosotros dirigiéndose hacia el tapiz. Todos contuvimos el aliento —que, por cierto, a Miguel Ángel le olía a ajo— y comenzó el ejercicio.

En la coreografía de Lisa, ella era un duende que caminaba por el bosque, tan pancha, lanzando sus palitroques a diestro y siniestro. Y eso hizo, dio como tropecientas volteretas, y cada vez que lanzaba las mazas era capaz de recogerlas sin que se cayeran al suelo. Pero justo cuando estaba llegando al final, ocurrió algo que lo cambió todo.

—¡Peligro! —gritó Boti—. Una sombra se ha subido a un árbol.

Y su efecto no tardó en sentirse. Lisa tiró las mazas al aire y, cuando más alto estaban, *¡zas, zas!*, recibieron dos flechas lanzadas por un arco, tan certeras que las partieron por la mitad y los pedazos le cayeron a la pobre Lisa en la cabeza.

Hale. Otra que se despiñonaba contra el suelo. Pero esta era Lisa… ¡Mi Lisa!

—*Eftoy fien* —me dijo, un poco grogui—. ¿Alguien ha *vifto* mi diente?

Así que, tras comprobar su estado, salí como rata disparada con tirachinas hacia los árboles, en busca de la sombra que había hecho pupa a mi amiga.

Llegué tarde. Solo pude verle huyendo, a lo lejos. Y, aunque comprobé que, efectivamente, llevaba la falda muy corta, dejando al aire sus patillas, también me regaló (es un decir) otra pista interesante: debajo del árbol había un bote con una sustancia pegajosa. ¡Mecachis! Esos tipos nos la habían «pegado» otra vez.

¡CANASTA!

Aquella noche me la pasé con el moco colgando. Lógico; agarré un pasmo nadando en las heladas aguas del río y no podía dejar de estornudar. Claro, que mis amigas Lisa y Chiara no estaban mucho mejor: una con la espalda doblada, y la otra con la nariz hinchada como una berenjena y, encima, sin un diente. *Pa'* habernos *matao'*. Y, claro, dormirse entre *ayes* y *achuses* no fue fácil para Rafa, Miguel Ángel, Boti y Spaghetto, por muy modernas y acogedoras que fueran las habitaciones que nos había facilitado la organización.

Así que, entre tos y sonado de mocos, me asomaba a ratos por la ventana, mirando la luna. Esa luna lunera que ya os he dicho que me tiene mosqueado, porque no acabo de entender por qué los días en los que está en modo «plátano» tiene ese supermegahiperresplandor. ¿Será que la ilumina la gran antorcha de un extraterrestre desde algún lejano planeta? ¿Y *pa'* qué va a hacer eso un marciano? ¿A lo mejor para guiar el camino de otros marcianos, como hace el farero de Livorno?

—¡*Ouaaah!* —bostecé mientras reflexionaba.

Y, poco a poco, me fui quedando dormido, perdiéndome en un dulce y apacible sueño.

Zzzzz.

—¡QUIQUIRICÚUUS! —cantó un gallo a pleno pulmón, informando de que ya amanecía.

—¿«*Quiquiricús*»? —pregunté a Spaghetto—. No es por meterme con el bicho, pero ¿qué ha sido del clásico *quiquiriquí*?

—Es que, como estamos en el Coliseo, este gallo canta en latín, la lengua de los antiguos romanos —me informó Spaghetto sobre su compi.

Vale. El caso es que, ya fuera en latín, en italiano o en chino, aquel bicharraco nos había despertado. Bueno, no a todos, ¡porque Rafa y Boti no estaban en la habitación!

—¡Alarma! —grité mientras corría hacia los dormitorios de las chicas—. ¡Han secuestrado a nuestros amigos!

—¡Que no! —me dijo Miguel Ángel— ¡Que se han levantado pronto para ir a trabajar a la Capilla Sixtina!

—¡Pero tienen que jugar un partido de baloncesto! —clamé, indignado.

—Seguro que esos mangurrianes no llegan a tiempo —añadió Chiara, doliéndose de las lumbares.

Jo. Qué situación. El partido a punto de comenzar, y ellos pintando la mona. Entonces, tuve claro que debía hacer dos cosas: pis e ir a buscarles.

—¿Amigos? ¿Dónde estáis? —pregunté mientras caminaba con Miguel Ángel por entre los múltiples botes de pintura y brochas que había en el suelo de aquella iglesia.

—¡Aquí estoy! —contestó Botticelli, subido a una escalera frente a una enorme pintura llena de gente y ovejitas.

—¿Qué estás pintando? —pregunté.

—A un tal Moisés y las pruebas que tuvo que pasar. Es que este tipo tuvo una vida complicada porque, desde que le dieron con unas tablas en la cabeza, tuvo que hablar con zarzas ardiendo, cruzar mares, atravesar desiertos… Y me he dicho: «Pues voy a hacerle un cuadrillo o algo, que el hombre se lo merece».

—¡Bah! —comentó Miguel Ángel por lo bajinis—. Vaya birria. ¿Y Rafa, qué hace?

—Estoy pintando a unos filósofos charlando sobre temas superimportantes —contestó—. Como, por ejemplo, si son más ricos los polos de fresa o de vainilla. Lo voy a llamar *La escuela de Atenas*.

—¡Qué rollazo! Además, seguro que me has copiado —contestó Miguel Ángel.

—¿Que yo te he copiado a ti? —le dijo, un pelín molesto, Rafa.

Y se lio. Se lio porque Miguel Ángel está empeñado en decir que la gente le copia. Y claro, eso molesta. Así que empezaron a tirarse pintura, y me los tuve que llevar a rastras al Coliseo. Más que nada, porque teníamos que enfrentarnos a los campeones de las últimas Olimpiadas: el equipo de Bolonia.

—¡Nos atacarán los malotes también en este partido? —preguntó Rafa mientras se ponía la camiseta de baloncesto.

—Pues es muy posible —contesté, atándome los cordones de las botas—. Pero no por eso vamos a dejar de competir.

—Como les pille, ¡les encesto la cabeza en la canasta! —añadió Miguel Ángel.

Pero el problema era pillarles, porque los muy espabilados se escurrían como anguilas y se nos escapaban delante de las narices.

¡MEEEEEEC!, sonó la bocina que marcaba el inicio del partido. El equipo de baloncesto de Vinci, formado por Boti, Rafa, Marmoleitor, Chiara y el menda, estaba dispuesto para el combate. Lisa, nuestra entrenadora, aguardaba en el banquillo con la pizarra de tácticas. Entonces, el árbitro lanzó la pelota al aire y la pillé yo. ¡Toma! Pero, al instante, me cayeron encima dos jugadores tipo torre, llamados Fernandino Romay y Paulino Gasolini, dispuestos a mangarme la pelota.

—¡Que te lo has creído! —les grité. Y, como yo soy chiquitillo, me colé entre sus piernas, salí corriendo hacia la canasta, salté, encesté y… ¡hala! ¡Dos a cero!

—¡Bieeen! —gritó Lisa desde el banquillo—. ¡Pero cuidado con los rebotes!

Esa superioridad inicial nos subió la moral, haciendo que metiéramos dobles y triples como churros. Y, en poco tiem-

po, sacábamos una ventaja de 22 puntos. Fernandino Romay y Paulino Gasolini no estaban enfadados, ¡estaban más furiosos que un mono de culo rojo con hemorroides!

La cosa prometía pero, de repente, me empezó a picar la oreja derecha, señal inequívoca de que algo chungo estaba a punto de acontecer.

—¡Au, mi ojo! —gritó alguien.

Y yo me dije: *ya están otra vez los saboteadores cascándole a alguien de mi equipo*. Pero mira, me equivocaba: habían cascado, sí, ¡pero al equipo contrario!

—¡Sóplame en el ojo, que me han lanzado un perdigón y me han hecho pupita! —le pidió el gigantesco Romay al no menos gigantesco Gasolini.

—¿Quién te ha hecho eso? —preguntó Paulino, disgustado.

—¡Supongo que los chicos del equipo contrario! —contestó Fernandino.

—Cuidadín, bonitos —les aclaré—, que nosotros no hemos hecho nada.

Pero, en ese momento, alguien disparó un nuevo perdigón directo al ojo de Fernandino, justo desde detrás de Boti, dando la sensación de que lo había tirado él.

—¡Botticelli! —le dijo Gasolini, con la expresión de un toro bravo y la postura de un torero—. ¡Tú me has disparado un perdigón! ¡Prepárate a correr!

Y, bueno, teníamos dos opciones: A, quedarnos a defender nuestra inocencia, lo que hubiera supuesto que nos dieran de tortas hasta en el carné de identidad; o B, huir y salvar el pellejo. Sabéis cuál escogimos, ¿no?

Creo que nunca he corrido tanto como aquel día, perseguido por dos monstruos del baloncesto. Eso sí, a lo largo y ancho de las hermosas calles de Roma.

9

LA OSCURIDAD MÁS OSCURA

TRACA, TRACA, TRACA, repicaban nuestros pies bajando a toda velocidad por la enorme escalinata de la plaza de España mientras escapábamos de los jugadores de baloncesto. Era una plaza bien chula y, en el centro, estaba la Fontana della Barcaccia. Y hale, allá que se paró Boti, diciendo:

—¿Y si tiramos otra moneda al agua y pedimos el deseo de que nos dejen de perseguir?

—¡No, Boti! —le dijimos todos a la vez.

—Desde luego, Boti, qué cosas tienes —comentó Chiara—. Pararnos en una fuente —y añadió, sibilina—, cuando podemos hacerlo en las tiendas *megafashion* de la Via Condotti.

—¡No, Chiara! —le gritamos también.

Pero bueno, ¿estábamos todos locos o qué? Aquello era una huida en toda regla: nos habíamos recorrido media Roma y estábamos exhaustos y asfixiados. Si nos atrapaban, éramos niños fritos. Además, yo tenía muchos mocos y me estaban entrando ganas de potar. La situación era de color marrón y se volvió absolutamente negra cuando llegamos a un callejón sin salida.

—¡No fastidies! —exclamó Miguel Ángel.

—¡No tenemos escapatoria! —gritó Spaghetto.

—Rápido, Leo, saca uno de tus inventos —me pidió Rafilla, mirándome con sus enormes ojos marrones.

Y sí, podría haber montado el *vincicóptero* para salir volando, pero había un pequeño inconveniente: ¡no teníamos tiempo!

CHASSS, CHASSS, escuchamos unos pasos a nuestra espalda. Y, cuando cerramos los ojos pensando que todo estaba perdido, alguien abrió la alcantarilla que había bajo nuestros pies y, ¡*zassss*!, todos caímos dentro.

—¡*Aaaaaah*! —gritamos mientras nos precipitábamos por un oscuro agujero con una longitud de varios metros hasta que, ¡*plaf*!, nos detuvimos, dando con nuestros culillos en el suelo.

—¿Qué está pasando aquí? —pregunté, asustado, mientras oía cómo la tapa de la alcantarilla se cerraba otra vez.

Entonces alguien hizo chocar dos piedras, provocando una chispa de fuego. Con ella, prendió una gran antorcha que iluminó la estancia. Y, así, pudimos descubrir que estábamos en un mundo oscuro y misterioso, formado por tumbas excavadas en la roca repartidas en un sinfín de galerías laberínticas. ¡Qué miedito!

—Bienvenidos a las catacumbas de Roma —dijo una voz en medio de la oscuridad. A continuación, el dueño de la voz acercó la antorcha a su cara, dándole cierto aspecto fantasmal, y entonces nos encontramos a un niño de nuestra edad, de labios carnosos y una nariz tipo «pico de loro», por lo menos.

—Soy Nico Copérnico. Coper para los amigos. Disculpad esta forma tan cañera de presentarme, pero es que tenía que salvaros el pellejo.

—No te preocupes, chaval —le dijo Miguel Ángel en plan «coleguita»—, si te lo agradecemos.

—Sí, pero… ¿cómo sabías que tenías que salvarnos de algo? —le pregunté.

—Bueno, porque llevo varios días siguiéndoos.

Y nos dejó patidifusos con la respuesta.

—Venid conmigo —añadió—. Os llevaré a mi escondite secreto.

—Un momento —se plantó Lisa—, ¿y por qué tenemos que hacerte caso? No te conocemos.

—¿Porque soy el único que conoce la salida de este laberinto?

Vale. Aplastante respuesta la del muchacho. Así que fuimos tras él. Y menudo viajecito. Entre horripilante y terrorífico: ataúdes por aquí, esqueletos por allá, arañas por acullá…

—¿Y quiénes son estos chicos que descansan a pata suelta… nunca mejor dicho? —pregunté, cotilleando las tumbas.

—Son antiguos cristianos a los que sus familiares daban aquí sepultura —contestó Coper.

—Pero, oye —interrogó Boti—, no habrá peligro de que todos estos fiambres cobren vida a medianoche y se conviertan en zombis, ¿verdad?

—Buena pregunta —contestó Coper—. Yo también me he planteado lo mismo muchas veces, pero siempre los he visto bastante quietecitos. Claro que, con los zombis, nunca se sabe.

Y fue pronunciar esas palabras y, *¡pataplaf!*, un esqueleto cayó a nuestros pies.

—¡Socorro! —gritamos, angustiados.

—¡Tranquilos! —dijo Coper—. Se habrá caído de alguna tumba.

—Sí, majete —añadí—, pero ¿quién le ha hecho caer?

Entonces, una corriente de aire movió nuestros pelillos y yo tuve la sensación de que algún ser extraño había estado allí.

Después, poco a poco fuimos avanzando por oscuros y solitarios pasadizos con la única y fugaz visita de una ratilla despistada que, afortunadamente, salió corriendo al vernos. Debimos de parecerle muy feos. Y, por fin, llegamos a nuestro lugar de destino.

—¡Este es mi chiringuito! —dijo Coper, orgulloso, mostrando una habitación bien molona llena de telescopios, dibujos de la Vía Láctea pintados en el techo y una curiosa maqueta del Sistema Solar a medio construir.

—Vaya… —exclamé, alucinado, mientras observaba todo aquello que, mira tú por dónde, me recordaba a mi taller secreto.

—¡Un momento! —bramó Miguel Ángel con cara de pocos amigos—. ¡Ya sé por qué este tío nos estaba siguiendo! Mirad encima de su mesa: hay lápices de colores y una sustancia pegajosa, como los que encontramos en el Coliseo. ¡Él es quien ha estado todo el rato saboteándonos!

—Tengo una explicación —le dijo Coper—. Es verdad que esos materiales son míos, ¡pero soy inocente! Si os he seguido ha sido porque necesito la ayuda de Leo para mi trabajo de Ciencias.

—¿Mi ayuda? ¿Para qué? —pregunté, intrigado.

—Porque llevo mucho tiempo admirándote, Leonardo. Sé que eres el gran inventor de Vinci y, desde que me enteré

de que venías a Roma, me he pegado a ti para pedirte que me ayudes a demostrar una sospecha: que el sol no se mueve alrededor de la Tierra, sino que es al revés. Lo voy a llamar teoría heliocéntrica. ¿Te gusta?

—¡Ya te digo, Rodrigo! Si yo precisamente estoy estudiando por qué la luna tiene ese halo resplandeciente y misterioso los días que está en cuarto creciente. ¡Si lo estudiamos juntos, a lo mejor damos con la solución para los dos problemas!

—¡Guay! —dijimos los dos, saltando y chocando nuestras manos en el aire.

—Un par de frikis —sentenció Miguel Ángel—. Estos dos son un par de zumbados. Pobres, qué le vamos a hacer.

—*Psttt* —me pajareó al oído Spaghetto—. Y si Coper nos ha seguido, ¿no le habrá visto el careto a los saboteadores?

Mi pajarillo tenía razón, así que le pregunté a Coper directamente, y esta fue su respuesta:

—Pues va a ser que no —vaya, la respuesta no era muy alentadora. Pero mejoró la cosa cuando se puso a matizar—: Lo que sí he visto es que a uno de los saboteadores se le cayó, cuando huía, un colmillo de león.

—¿Un colmillo de león? ¿En medio de Roma? Esto habría tenido sentido hace varios siglos, cuando el Coliseo funcionaba como circo y las fieras se comían a los cristianos. Pero ¿ahora?

La cosa se complicaba por momentos. Sin embargo, tuve la seguridad de que por fin estábamos ante una buena pista.

MARMOLEITOR EN ACCIÓN

Aquella mañana, Júpiter, el superjefe de los dioses según la mitología romana, se levantó de mal humor porque su hija Minerva no le había dejado dormir. Que la pobre tendría gases o le estarían saliendo los dientes. El caso es que, cabreado como una mona, Júpiter se puso a lanzar sus rayos sobre la ciudad, enviando también lluvia y nubes.

Por esta u otra razón parecida, el tercer día de nuestra competición en el Coliseo fue un poquito pasado por agua. Todas las pistas, campos y demás superficies de juego estaban encharcados, lo que complicaba aún más la ejecución de los ejercicios.

—¡Uf! —dijo Lisa mientras veía caer la lluvia desde la ventana del salón de desayunos—. ¿Cómo vamos a competir?

—Con un paraguas. Ja, ja, ja —dije, bromeando—. Que no, boba, ya verás cómo escampa.

—¿Cuál es la siguiente prueba? —preguntó Spaghetto mientras comía pequeñas migas de pan mojadas en mi tazón de leche.

—Lanzamiento de disco —dijo Rafa, tirando a su vez un rosco de vino que Boti capturó inmediatamente con sus dientes, dando un salto.

—Pues esta te toca a ti, Miguel Ángel —dijo Chiara—. ¿Miguel Ángel? —repitió mientras recorría con su mirada a todos los presentes sin encontrarle—. ¡No me digas que se ha largado a la Capilla Sixtina!

—«Me he largado otra vez a la Capilla Sixtina» —dijo Lisa, leyendo la nota que Marmoleitor había dejado en su asiento vacío.

—¡Vaya, hombre, otro al que hay que ir a buscar! —protesté—. ¡Y con la que está cayendo! ¿Voluntarios?

Tururú. No había. Así que me tocó pringar y pringarme de barro hasta las cejas para llegar hasta allí, donde mi amiguete estaba sobre un andamio pintando el altísimo techo.

Eso, y comiéndose unas empanadillas criollas que le había preparado aquel Papa tan majete.

—¡Tíooo! —le grité desde el suelo de la capilla—. ¡Bájate de ahí, que tienes que competir!

—¿Que tengo que qué…? —me preguntó, sin entender.

—¡Que tienes que competir! —le repetí.

—¿Qué tengo que derretir? —añadió, intrigado.

—¡¡Que tienes que lanzar el discooo!! —chillé con todas mis fuerzas.

—¡Ah! Que tengo que cuidarme el menisco —respondió Miguel Ángel—. Vale, guay.

Jo. Aquel techo estaba tan alto que Miguel Ángel no podía entenderme. Menos mal que llevaba mi *vincicóptero* de bolsillo, y esta vez sí que me dio tiempo a montarlo. Así que lo puse en marcha y, *tac, tac, tac*, las hélices empezaron a elevarme. Cuando llegué, encontré a mi colega, ensimismado, pintando de mil colores unos dibujos bien majos sobre la creación del mundo, Adán y Eva y el Diluvio Universal.

—Está genial —le dije—. Pero, tío, céntrate, que tienes que venir a competir en la prueba de lanzamiento de disco.

—¡Aaah! Ya me extrañaba a mí que te preocuparas por mi menisco. ¿Ves como yo pinto mejor que Rafa y que Boti? —me indicó, señalando sus dibujos—. Me he propuesto pintar unas figuras esta mañana.

—¿Cuántas? —pregunté.

—Unas… trescientas.

—¡¡Pero qué dices?! —le pregunté, alucinado—. ¡Eso es muchísimo!

—No te creas. Ya llevo ciento cincuenta.

—Amigo, deja la brocha, que las Olimpiadas nos esperan.

—No —me contestó.

—¿Cómo que no? —protesté, indignado.

—Pues que no me voy a ir ahora. Y, encima, para que acaben saboteándome. Diles que voy a competir esta tarde, que me viene mejor.

—¡Y un pimiento! —exclamé—. ¡Tú te vienes conmigo!

—¡Atrápame si puedes! —contestó, desafiante.

Y me hartó. Así que apreté un botón del *vincicóptero*, que puse para emergencias, y salieron unas pinzas que agarraron a Miguel Ángel de un pie. Y así me lo llevé hasta el Coliseo. Bueno, así, y protestando con palabras que mi abuela no me dejaría repetir. Diez minutos más tarde ya estaba con la camiseta puesta, en medio de la pista de atletismo, con el disco bajo el brazo.

—¡Pero que conste que estoy muy enfadado! —rezongó.

Para entonces, a Júpiter ya se le había pasado el mal rollito y se había llevado la lluvia y las nubes del cielo de Roma, dejando un sol brillante sobre el Coliseo, dándole un aspecto aún más majestuoso.

—Miguel Ángel Buonarroti va a ejecutar su ejercicio —dijeron, una vez más por *cuernofonía*.

Se hizo el silencio. Mi amigo estaba en la posición correcta que tantas veces había ensayado en las clases de Educación Física del profesor Pepperoni, con el brazo derecho atrás, sujetando el disco, y la pierna derecha flexionada hacia delante. A mí me recordaba a la estatua de un tal Discóbolo de Melón, o de Mirón, o algo. El corazón de Miguel Ángel latía cada vez más deprisa, y le dije:

—Amigo, ten cuidado. Presiento que los saboteadores están cerca.

—¿Te crees que no lo sé? —contestó—. Ahora bien, como les agarre, les hago un nudo con las orejas.

Y, después de decir esto, Marmoleitor apretó el disco en su mano, tomó impulso y, *¡fiuuuuuum!*, lo lanzó con todas sus fuerzas para que surcara los cielos, recorriendo más y más metros, ¡hasta que apareció una bandada de pájaros y se lo comió! Palabrita del Niño Jesús. ¡Se zamparon el disco!

—¡Cero patatero! —gritaron los jueces.

Otro desastre para el equipo de Vinci. Aunque he de reconocer que este sabotaje había sido de lo más original; porque había sido un sabotaje, ¿verdad?

—Correcto —me confirmó Rafa, con algunos trozos del disco en la mano—: Alguien ha cambiado el disco original por una torta de pan. Y, mmm… —añadió, llevándose un pedazo a la boca—. Está riquísima. No me extraña que se la hayan comido los pájaros.

—Ya. ¿Y la banda de jetas ha dejado alguna pista esta vez? —pregunté.

—Sí —respondió Lisa—, una moneda. Se les ha debido de caer del bolsillo —comentó, poniéndola en mi mano.

Y, al mirarla de cerca, comprobé con sorpresa que era ni más ni menos que un sestercio, una moneda romana de hace, por lo menos, diez siglos.

—Ay, madre —soltó con preocupación Rafa—. ¿No serán fantasmas los que están fastidiando las competiciones?

¿Fantasmas? Pues podría ser.

REMA, REMA, SIN PARAR

De Rafa sabíamos que era un gran músico de rock y que tenía aptitudes de detective, pero aquel día comprobamos que también era un consumado remero. Le dabas dos palas, una barca y un bocata de lomo, y podía atravesar él solo varios océanos. Bueno, más o menos. Por eso, fue el elegido para representar a nuestro pueblo en la prueba de remo junto con Boti porque, aunque la especialidad de este era el fútbol, lo de navegar tampoco se le daba mal, ya que con frecuencia llevaba en barca a su padre, curtidor de pieles, con las cabreadas cabras a través de las aguas del río Arno.

Pues bien, estos dos valientes marineros estaban a punto de embarcarse en una competición sin precedentes. Pero *cui-*

dao', que esta vez los saboteadores no podían sorprendernos. Spaghetto vigilaba la zona por el aire; Miguel Ángel, con el *vincibuzo*, por debajo del agua; y Lisa y Chiara estaban en los puentes cercanos para que nadie pudiera llegar por tierra con malas intenciones. ¿Que dónde estaba yo? Junto a la dársena de salida, con Rafa y Boti, explicándoles cómo había mejorado su canoa.

—Vais a flipar —les dije, orgulloso de mi hazaña—. He conseguido quitar peso a vuestra barca, de forma que os cueste menos remar. Y os he construido unos remos con una madera ultraligera, pero muy resistente, que además huele a fresa. ¿Qué os parece?

—¡Genial! —contestaron a la vez.

—¡A sus puestos de salida! —clamaron por *cuernofonía*.

—Compañeros —solté, en plan héroe—: *Alea iacta est*.

—¿Ale… qué? —preguntó Boti, sin coscarse de nada.

—Hale, *pal* agua —les dije. Y eso sí que lo entendieron. En realidad, les había dicho una frase en latín que significaba: «La suerte está echada». Porque así era. Entonces, ocurrió algo tremendo. Boti tenía que meterse en la canoa pero, como es un chulito, tomó carrerilla, dio un salto y ¡plasss!, del peso volcó la barca. Y, *glu, glu, glu*, se fue hacia el fondo.

—¡Pero tío, qué bruto eres! —le dijo Rafa mientras le izaba tirándole de los pelos.

—¡Vaya castaña de canoa que ha hecho Leo! —me dijo, empapado y mosqueado.

—Cuidadito, chaval, sin ofender —contesté—, que esto es tecnología de última generación. Pero hay que montarse en plan «persona normal», no en plan «paquidermo».

Así que, un poco furioso, Boti volvió a entrar en la canoa, esta vez con mucha precaución para que no volcase. Y, bueno, volcar, lo que se dice volcar, no volcó; pero la barca quedó inclinada hacia su lado, el de detrás, a causa del peso.

—Si cuando yo digo que tu barca es una birria… —rezongó Botticelli.

—Tranqui, tronco —le pedí—. A ver, Rafa, métete en la canoa a ver si es posible compensar el peso contigo.

Y en cero coma tres segundos, Rafa estaba en el asiento de delante. La barca ya no estaba tan inclinada hacia Boti, pero seguía sin tocar el agua por el lado de Rafa.

¡MEEEC!, sonó la bocina que indicaba el comienzo de la prueba.

Ay, madre. Teníamos que arreglar el asunto inmediatamente. Así que miré a mi alrededor, buscando algo de peso, y solo vi una bolsa olvidada por un pescador con tres pescados malolientes dentro.

—¡Ah, no! ¡Eso sí que no! —protestó Rafa, viendo mis intenciones—. ¡No pienso remar con esos pescados pestilentes encima!

—¡Rafa, tío, que ya ha empezado la carrera y os estáis quedando atrás! —le supliqué.

—¡Jo! ¡Qué asco! Bueno, venga, va. ¡Trae esos peces!

Nada más lanzarle la bolsa, se equilibró la barca y, así, pudieron salir como un cohete para recuperar las posiciones perdidas.

Y remaron rápido, muy rápido, como el viento… Hasta que, de repente, Rafa gritó:

—¡*Au!* Boti, tío, ¿por qué me pellizcas el trasero?

—Perdona, pero yo no te he hecho nada —y, al instante, añadió—: ¡*Auuu!* ¿Ahora tú por qué me lo pellizcas a mí?

—¡Pero cómo voy a hacer eso, si me tienes delante! —protestó Rafa, con razón.

Chungo. Mejor dicho, chunguísimo. El río estaba vigilado por tierra, mar y aire, pero ¿olvidé comprobar el interior de la canoa en el último momento?

—¡*Aaah!* —gritó entonces Boti—. ¡Estoy lleno de pulgas!

—¡Y yo también! —vociferó Rafa mientras intentaba apartarlas con el remo.

Vale. Era eso; que no había comprobado el interior. Y, ahora, era un pelín tarde para mis amigos, que estaban recibiendo mordiscos pulgosos a troche y moche.

—¡Saltad de la barca! —les grité.

—¿Y perder esta competición también? —preguntó Rafa.

—¡Y un pimiento! —exclamó Boti, rebelde.

Mis amigos agarraron los remos y empezaron a sacudirlos, como poseídos por una fuerza sobrehumana que les hizo adelantar a todos los participantes, llegar los primeros a la meta e incluso seguir remando en la orilla, ¡fuera del río!

¡Por fin el equipo de Vinci ganaba algo que no fuera un resfriado! Teníamos ni más ni menos que una medalla olímpica y todos los colegas nos acercamos a felicitarles mientras ellos seguían a tortazo limpio con las pulgas.

—Y los malotes —preguntó Lisa—, ¿han dejado alguna pista esta vez?

—Pues sí —respondió Miguel Ángel—. Cuando estaba debajo del agua he visto cómo unas sombras arrojaban al río este tridente.

—¡Ahora un tridente! —exclamé, patidifuso—. Pero ¿quién lleva hoy día un tenedor gigantesco, además de Neptuno, el rey de los mares?

Y mis amigos se encogieron de hombros, porque las respuestas a nuestras preguntas se estaban poniendo cada vez más y más difíciles.

12

A PONERSE LAS PILAS

Y, por fin, llegó el último día de la competición. Quedaba la gran prueba: la carrera de relevos. El sol comenzó a salir, dándole un disimulado codazo a la luna, y se puso en lo alto del firmamento, dispuesto a brillar para celebrar el gran día.

—*QUIQUIRICÚUUS* —cantó el gallo-despertador que hablaba en latín. Pero ninguno de nosotros se movió de la cama—. ¿*QUIQUIRICÚUUS?* —volvió a cantar, mirándonos desde fuera de la ventana pero, esta vez, con tono contrariado.

—No te esfuerces, Gallus Quiricus —le dijo mi pájaro Spaghetto—: Están demasiado cansados.

—¡Pero hoy es el *juegus máximus!* —protestó.

—¡Ya te *digus!* —contestó Spaghetto.

—¿Es que no piensan *participarus?* —insistió Quiricus.

—Claro que *sus*, o sea, que sí —y añadió, para sus adentros: *Qué raro se me hace esto de hablar en latín*—. El *casus*, amigo Gallus, es que voy a tener que buscar una ayuda de *fuerus*, y ya sé a quién se la voy a *pedirus*.

Unos minutillos después, Spaghetto entraba en nuestras habitaciones con Almudenina Cidini.

—Oooh —dijo la muchacha—. Ahora comprendo por qué querías que viniera. No tienen fuerzas para levantarse.

—Pipipipipipí —afirmó Spaghetto, pues solo habla nuestro idioma conmigo.

—Bien —dijo Almudenina—. Ha llegado el momento de que prueben uno de mis batidos energéticos especiales.

Y, al decir eso, se llevó dos dedos a la boca, y… *¡FIU-UUUUUUUUUUU!*, pegó el silbido huracanado más salvaje que he oído en mi vida, haciendo que todos saliéramos de la cama de un salto, con los pelos totalmente tiesos del susto.

—¿A quién hay que arrear? —gritó Miguel Ángel, convencido de que todavía estaba durmiendo.

—¡Otra vez las pulgas! —exclamó Boti, subido a los brazos de Chiara y aún con los ojos cerrados y rascándose.

—¡Dejadme en paz, que quiero dormir! —vociferó Rafa, tapándose la cabeza con la almohada.

—¿Almudenina? ¿Qué haces aquí? —exclamó Lisa, articulando así, por fin, una pregunta coherente.

—Chicos, estáis seriamente cansadetes. Así que necesitáis una fórmula especial que os dé energía y os eleve el ánimo para que podáis seguir compitiendo.

—¡Genial! —soltó Boti—. ¿Y de qué se trata, de la pócima secreta de una bruja?

—¿O del sortilegio mágico de un hada del bosque? —propuso Chiara.

—*Tururú* —exclamó Almudenina—. Nada de químicas extrañas. ¡La solución la tenemos en nuestra naturaleza! Ella nos da todo lo que necesitamos para sentirnos bien. ¡Venid conmigo y lo veréis!

Entonces, Almu cogió mi mano, Lisa la otra, Chiara la de Lisa… y así todos, bien agarraditos, salimos de la Ciudad Olímpica para llegar hasta una pequeña granja cercana, rodeada de bonitos árboles frutales.

—¡Bienvenidos a la granja de la *nonna* Sophia Lorencini! *Nonna, buongiorno per la mattina!*

—*Buongiorno, cara Almudenina!* —dijo la anciana, que además de ser un poco regordeta, era guapísima, con su pelo cardado, su cintura diminuta y unas larguísimas pestañas que hacía aletear, presumida.

La *nonna* Sophia estaba ordeñando una vaca y nos ofreció un vaso de su riquísima leche.

—¿Gustáis, pequeños?

—Gracias, *nonna*, claro que sí —contestó Almudenina—, pero también te vamos a pedir alguna cosa más para hacer un batido energético. ¡Y lo vamos a hacer cantando!

Piccolo Leo, ve al platanero
y coge una banana con molto esmero.
Quita la piel, tritura la pulpa,
machaca molto forte, ¡y no sientas culpa!
Presto, Lisa, ve al panal
y, sin que la abeja te mire mal,
coge un pochino di miele natural.

¡Dale caña, que queda genial!
¡Miguel Ángel! Si te deja la abuela,
acércate al árbol de la canela.
Rasca su tronco, muele un poquito
y coge bastante, ¡que no es pa' un mosquito!
Rafa, ve a pedirle a la vaca
que nos dé su leche. Se llama Paca.
Ahora metemos tutto en el vaso
¡y lo agitamos bailando estos pasos!

Almudenina tapó el enorme vaso del batido, se lo colgó a la cintura y empezó a bailar y saltar, agitando la bebida con el movimiento de su espectacular ejercicio mientras la abuela Sophia y nosotros cantábamos la canción del batido y dábamos palmas.

—*Ecco!* —dijo, al tiempo que Almudenina caía, haciendo un *spagat*, con el batido en la mano.

—*Glu, glu, glu…* —sonaron nuestros gaznates mientras tragábamos aquella nueva bebida.

—¿Os gusta? —preguntó Almudenina.

—¡Delicioso! —contestamos a la vez, con el morrete aún manchado de blanco por la leche del batido.

—Me alegro mucho —contestó Almu—. Pues de esta forma tan sencilla tendréis mucha más fuerza para competir,

porque no olvidéis que nuestro cuerpo es una máquina y hay que echarle combustible para que funcione.

—*Bravissimo*… —exclamó la *nonna* Sophia—. Venid a verme cuando queráis —dijo, dándonos muchos besos—. Lo he pasado fenomenal, así que mi vaca Paca y yo estaremos encantadas de recibiros.

Y nos fuimos de allí, directos al Coliseo, cargados de salud y energía gracias al batido, pero también al amor de la *nonna* Sophia; porque el cariño, no sé si lo sabéis, también da mucha fuerza.

¡TÚ PUEDES!

—Pues a mí me parece un salchichón —afirmó Boti, que siempre anda pensando en el papeo, mientras miraba el palitroque que teníamos que pasarnos unos a otros en la carrera de relevos.

—Pues de salchichón nada, monada —le aclaré—, se llama «testigo», y es una barra cilíndrica de madera, de 30 centímetros de largo, 12 milímetros de diámetro y 50 gramos de peso. ¡Que a nadie se le ocurra hincarle el diente, porque se dejará los piños!

—Yo tengo una pregunta —dijo Miguel Ángel—: ¿Y si nos da un yuyu y se nos cae al suelo en medio de la carrera?

—Nos vamos *pa'* casa.

—Y si vemos que un miembro de otro equipo corre más rápido que nosotros —preguntó, sibilina, Chiara—, ¿podemos darle un empujoncito y mandarle, qué te digo yo, a Groenlandia?

—No. Nos vamos *pa'* casa también.

—¿Y siempre hay que pasar el salchichón, o lo que sea eso, con la misma mano? —quiso saber, entonces, Rafa.

—Pues va a ser que sí —les dije—, porque, si lo hacemos con la otra…

—¡Nos vamos *pa'* casa también! —me contestaron todos mis amigos a la vez, muertos de la risa.

—Jopé —pajareó Spaghetto—. ¡Qué reglas tan estrictas!

Y tenía razón, porque nosotros, en nuestro pueblo de Vinci, habíamos practicado chorrocientas veces las carreras de relevos, pero siempre nos saltábamos las indicaciones del pesado de don Pepperoni. Aquí, sin embargo, si queríamos hacer bien las cosas, debíamos seguir las instrucciones al pie de la letra.

Y llegó el momento de participar. Poco a poco, fueron llegando los diferentes equipos de relevos hasta la pista. Todos estábamos un poco nerviosos a causa de los saboteadores pero, como los jueces no habían hecho gran cosa para defender a los deportistas, solo nos quedaba pedir suerte a la diosa Fortuna para que no nos pasara nada. Bueno, a la tipa esa

y a Spaghetto, que estaba revoloteando continuamente por la zona para avisarnos si veía algo raro.

Nos colocamos en la zona de salida para correr en este orden: Miguel Ángel, Lisa, Chiara, Rafa, el menda lerenda y Boti. Y, *¡pam!*, se oyó el pistoletazo, aunque esta vez Spaghetto se había apartado del punto desde el que se disparaba el tiro, más que nada por no acabar frito o a la cazuela.

¡PLAC, PLAC, PLAC!, empezaron a sonar nuestras zapatillas, corriendo sobre la pista del Coliseo romano. La multitud estaba enloquecida, aplaudiendo y coreando los nombres de las diferentes ciudades y pueblos participantes. Era muy emocionante; tanto, que se me escapó una lagrimilla que solo pude disimular llevándome el dedo a la nariz como para rascarme.

Modestia aparte, la carrera iba fenomenal. Marmoleitor le había pasado el relevo a Lisa, esta a Chiara, ella a Rafa y, justo cuando el rey del rock me lo pasaba a mí, escuché gritar a Spaghetto:

—¡Peligro, peligro! ¡Tipo sospechoso por la derecha!

¡Y, al instante, apareció un tipo envuelto en una túnica que me mangó el testigo en todo mi careto!

—¡Eh, tío jeta! —le grité—. ¡Que ese palitroque es mío!

—¡Y un jamón! —contestó él.

Pero es que, no contento con mangarme a mí el relevo, se lo birló a tres equipos más, dejándonos a todos patidifusos viendo cómo se largaba del Coliseo a la velocidad del rayo.

—¿Y ahora qué? —les grité, desde la pista, a los jueces—. ¿Hay o no hay saboteadores?

—Eeeh…, pues… —me contestaron, sin saber bien qué decir.

Bah, mejor que no dijeran nada. Así que mis amigos y yo salimos corriendo detrás de aquel tipo, hasta el gorro de que se riera de nosotros.

Hala. Otra vez de persecución por las calles de Roma. Venga a mover las piernas detrás de un tipo con túnica que, mira tú por dónde, dobló una esquina y se metió en un callejón.

¿Y qué paso allí? Uf. Un misterio inexplicable. Cuando llegamos, el tipo había desaparecido, se había esfumado, ¡volatilizado! El callejón era todo de piedra, sin puertas ni ventanas por las que escapar, con unas altísimas paredes lisas por las que tampoco era posible trepar.

—Pues como no se haya convertido en topo —dijo Chiara—, y haya excavado un agujero en la tierra…

¡Claro! ¡Ahí estaba! Bajamos nuestros cabezones hacia abajo y encontramos lo que yo sospechaba: la tapa de una alcantarilla. Y lo tuve claro: si se trataba de buscar a alguien por debajo de la tierra, la persona más experta era Coper.

—¡Coper, colega! —le dije desde la puerta de su taller subterráneo.

—¿Leo? ¡Amigos, bienvenidos! ¿Habéis encontrado fácilmente mi chiringuito?

—Bueeeno —le dije—. Fácilmente, lo que se dice fácilmente…

—¡Nos hemos perdido siete veces! —se chivó Boti.

—Y gracias a Spaghetto, que recordaba la alcantarilla por la que nos metiste cuando nos perseguían los jugadores de baloncesto, que si no…

—Claro —dijo él, apartándose de la maqueta del Sistema Solar que llevaba varios días preparando—, es que manejarse por estos laberintos es complicado.

—Pues, amiguete, de eso mismo te queríamos hablar —le dije, poniendo mi mano en su hombro—. Verás: sabemos que los saboteadores han huido por la alcantarilla de una calle cercana al Coliseo.

—Qué interesante —dijo Coper—. Me han hablado de unas catacumbas que, supuestamente, podrían estar debajo de ese mismo lugar.

—¡Mecachis! —grité—. Eso explicaría por qué entran y salen del recinto olímpico sin que les pillemos, con toda facilidad. Y, oye, Coper, ¿tú podrías llevarnos hasta allí? —pregunté.

—Por supuesto que sí, Leo.

Casi una hora después, caminando por un largo pasillo lleno de ataúdes guardados en estanterías, como si fueran cajas de pizza del súper, llegamos al lugar que buscábamos: una

estancia con cuatro camastros, un bocata a medio comer, alguna silla vieja y una mesa llena de cachivaches.

—¡*Sssh!* Silencio —pidió Coper—. Parece que aquí ha estado alguien recientemente…

—Es cierto —corroboré—. ¡Pero mirad lo que guardan!

Mis amiguetes se acercaron para ver de cerca el descubrimiento: allí había pieles de león, tridentes, espadas, un arco… ¡y hasta un puñado de sestercios, como los que se les cayeron a los saboteadores!

—Si no fuera porque es imposible —les dije—, ¡¡pensaría que todo esto pertenece a GLADIADORES ROMANOS!!

—¡Claro! —apoyó Lisa—. Por eso van con minifalda. Pero los gladiadores del circo, que se peleaban para divertir al César, ¿no dejaron de existir hace casi diez siglos?

—O eso creíamos —dijo Rafa, mirando con detenimiento la cabeza de la piel de león a la que, efectivamente, le faltaban dientes.

Bien, ya sabíamos que allí vivían nuestros atacantes; y no había que ser un lince para suponer que, si nos habían estado fastidiando en todas las pruebas, en la última lo harían también.

—Pero ya han terminado las competiciones… —dijo Boti, consternado.

—¡Que no te enteras, lumbreras! —le soltó Miguel Ángel—. Como el sabotaje ha sido muy evidente, los jueces han dicho que volverán a repetir la prueba hoy, a las cuatro de la tarde.

—¡No me lo puedo creer! —exclamó Coper, dando un gran salto, sorprendido—. ¿De verdad que lo van a repetir hoy? ¿Y a las cuatro?

—Pues sí, ¿por...?

—¡Eso es genial! —insistió Coper—. Porque, si tengo razón y la Tierra se mueve alrededor del sol, a esa hora ocurrirá algo que nos servirá para descubrir a los saboteadores. Pero, Leo —me dijo—, vamos a necesitar uno de tus inventos.

Y a mí, que me va más un invento que a los pies de Boti un desodorante, sonreí y le dije:

—Coper, eso está hecho.

LA GRAN PILLADA

Como si alguien hubiese dado marcha atrás en el tiempo, mis colegas y yo volvíamos a estar en la misma posición que hacía unas horas en la carrera de relevos. Bueno, no todo exactamente era igual. Ahora contábamos con un plan maestro y secreto que no podía fallar, así que estábamos como medio miligramo menos preocupados. Pero solo medio.

¡BANG!, sonó el pistoletazo de salida. Al instante, miré el reloj: las cuatro en punto. Enseguida comprobaríamos si la teoría de Coper era cierta. Nuestro corazón comenzó a latir muy rápido y empezamos la carrera de relevos: Miguel Ángel pasó el testigo a Lisa, esta a Chiara, ella a Rafa y, cuando yo se lo iba a pasar a Boti, ¡zasca!, de nuevo otro tipo envuelto en una túnica, acompañado por dos compinches, salió de no se sabe dónde y nos mangó, una vez más, el palitroque. Esta vez, sin embargo, sus planes no iban a salir como esperaban…

De repente, como por arte de magia, el sol se oscureció. Una noche negra cayó implacable sobre nuestras cabezas, provocando el terror en deportistas y espectadores.

—¡Aaah! ¡Socorro! —vociferaba la gente—. ¡Es el fin del mundo!

Los espectadores no sabían qué narices pasaba. Je, je. Nosotros sí, porque nos lo había explicado Coper, claro. Aquel fenómeno se llamaba eclipse, que es cuando un cuerpo celeste tapa la luz de otro.

—Y, aquí, ¿quién narices está tapando a quién? —preguntó Chiara.

—La luna lunera —respondí—, que se ha colocado entre la Tierra y el sol y lo está cubriendo. ¡Por eso no podemos verlo!

De hecho, no se veía ni un pimiento, así que los ladrones se pegaron una supertoña contra el suelo. Y llegó el momento de descubrir quiénes eran.

Ahí es donde entraba mi invento, el *multivincispejo*. Porque, al grito de «¡Dale, que *pa'* luego es tarde!», Boti prendió una antorcha y, al instante, el resto de amigos sacaron de debajo de sus camisetas un espejo. Lisa puso delante de la

antorcha el suyo, reflejando así su luz, y lo dirigió hacia el espejo de Rafa, que también se puso a reflejar la luz, que a su vez lo dirigió hacia el de Miguel Ángel… ¡Así, hasta que tuvimos todo el Coliseo iluminado con la luz que se reflejaba en los espejos!

Y, gracias a eso, ¡toma!, pudimos ver a los saboteadores levantándose del suelo, a punto de huir.

—¡Alto ahí, malandrines! —les grité eso porque lo he leído en los cuentos de piratas y creo que queda muy bien en estas situaciones—. ¡Se acabó fastidiar al personal! ¿Quiénes sois? —y ahí ya me quedé turulato.

Los tipejos malvados se quitaron la túnica que les cubría. Como sospechábamos, iban vestidos de GLADIADORES, y, así, pudimos descubrir que eran ni más ni menos que… ¡¡LOS JUECES!!

Pero ¿cómo era eso posible?

—¡Porque somos los tataratataratataratataranietos de los gladiadores que pisaron esta arena hace más de diez siglos! —respondió el más alto y mandón del grupo—. ¡Y no nos gusta que nuestro Coliseo se utilice para competiciones deportivas ñoñas y «de buen rollito»!

—¡Sí! —apoyó el juez más pequeño—. Nosotros queremos que los gladiadores se vuelvan a dar de tortas y que los leones se coman a la gente.

—¡Oooh! —gritó el público, contrariado ante la confesión de culpabilidad de aquellos hombres.

—¡Hale, chaval, tú estás fatal! —le dije.

—No, si igual tienen razón —añadió Miguel Ángel, con tonillo irónico, mientras iba remangándose la camisa directo hacia ellos—. ¡Si quieren tortas, yo les arreo!

—¡Echa el freno, Madaleno, que aquí no se va a pegar nadie! —aseguré. Y añadí—: ¿Y cómo no os hemos descubierto antes?

—Porque somos muy rápidos moviéndonos por los subterráneos y catacumbas que hay debajo del Coliseo —contestó el juez más grandote—. Y, sobre todo, porque nunca desconfiasteis de nosotros. ¡Qué torpes!

Entonces, apareció Almudenina con tres guardias de la organización, que se llevaron a los jueces malandrines a la cárcel.

—¡Esto no quedará así! —gritaban mientras los sacaban de allí—. ¡Viva el circo romano y el papeo de esclavos!

—¡Tú ponte tonto y verás cómo te papeamos a ti! —le gritó Botticelli.

—Gracias, chicos —dijo Almu—. Si no llega a ser por vosotros, nunca habríamos detenido a estos tipejos.

—No ha sido nada —soltó Miguel Ángel aproximándose a ella mientras le ponía ojitos y se hacía el interesante—. Porque yo soy un héroe, y cazar malvados es mi especialidad.

—¡En serio? Pues me vienes que ni pintado, porque a mi habitación han entrado tres ratones. ¿Podrías venir a sacarlos de ahí?

—¿Ratones? ¡Aaah! ¡Qué asco! —gritó Marmoleitor, dando un paso atrás.

—Hay que fastidiarse —dijo Almudenina—. Desde luego, los héroes ya no son lo que eran… ¡Je, je, je!

EL MISTERIO DE LA LUNA FANTASMA

B*LUB, BLUB, BLUB*, explotaban las burbujas del *jacuzzi* natural de las Termas de Caracalla. Era un spa chupiguay al que habíamos decidido ir a celebrar nuestra victoria. Con zumitos de naranja en la mano y repanchingados en aquella enorme bañera, la vida se veía de otra forma.

—Al final no nos vamos de las Olimpiadas con las manos vacías —dijo Lisa—. ¡Que hemos ganado dos medallas gracias a Rafa y a Boti!

—Dirás gracias a las pulgas… —especificó Rafa— ¡Ja, ja, ja!

—Lo que a mí me mosquea —expuso Miguel Ángel, tras dar un sorbo a su zumo—, es cómo Coper supo que iba a haber ese eclipse de sol, precisamente a esa hora.

—Muy sencillo —contestó Copérnico, también en el *jacuzzi*—. Una vez que Leo me apoyó en mi teoría de que la Tierra giraba alrededor del sol, y no al revés, como los antiguos sabios pensaban, pude describir la forma en la que giran los diferentes planetas del Sistema Solar, y así averiguar que hoy la Tierra, el sol y la luna se pondrían en línea recta.

—¡Ah! Qué espabilado —dijo Chiara—. Y por eso has sabido que la luna, por narices, iba a tapar el sol.

—¡Eso es! —exclamó Coper.

—Pues ahora, con todo resuelto, vámonos a descansar —dije—, que mañana tenemos que volver a Vinci a despertar a los bellos durmientes.

—*Tse, tse, tse* —se opuso Miguel Ángel—. Un momentito, Leo, que todavía tienes que responder a una pregunta, ¡porque anda que no te has puesto pesadito con el tema! ¿Y tu «luna fantasma»? ¿Por qué tiene un halo de luz los días en que está en cuarto creciente? ¿Eh?

¡Toma!, pensé. *¡Qué tío, este Miguel Ángel!* No se le escapaba ni una.

—Pues mira, porque gracias a la maqueta de Coper, y a ver cómo se mueven los planetas en el Sistema Solar, he descubierto que la luna resplandece porque recibe la luz de la Tierra.

—¡Aaah! —dijeron mis amigos, comprendiendo—. ¡Así que era eso!

Y, entonces, todos levantamos la cabeza hacia el cielo para verla. Pero la luna había cambiado bastante desde los días en que la observamos en fase creciente, y aquel día lucía bien blanca y regordeta, en forma de luna llena.

¡Guau! Qué chula era.

—Leo —me dijo Lisa, en voz baja y hasta un poquito romanticona—, ¿tú crees que alguien viajará alguna vez a la luna?

—Pues, ¿por qué no, Lisa, por qué no?

Y allí nos quedamos, mirando hechizados la luna, bañándonos con las burbujas del *jacuzzi, blub, blub, blub...* ¡¡BLUUUB!!

—¿«*Bluuub*»? —preguntamos todos, extrañados.

—Oh, perdón —dijo Boti—. Creo que he sido yo...

Y, juas, juas, juas, todos nos partimos de risa.

Ahora te toca a ti

¡Escribiendo con números!

Ya sabes que en la antigua Roma los números se escribían con letras:

I	V	X	L	C	D	M
1	5	10	50	100	500	1000

¿Serías capaz de encontrar los números que corresponden a las fechas en que nacieron nuestros famosos genios? Pon la fecha en número dentro de los recuadros.

¡No te confundas, que hay muchas letras!

Leo: Leonardo di ser
Piero da Vinci nació
en Vinci en MCDLII

Miguel Ángel: Miche-
langelo Buonarroti
nació en Caprese
en MCDLXXV

Boti: Sandro Botti-
celli nació en Floren-
cia en MCDXLV

Rafael: Rafael Sanzio
nació en Urbino en
MCDLXXXIII

Fabrica tu propia tablilla

¡Los niños romanos no tenían cuadernos! Pero iban a clase. Practicaban la escritura en tablillas de cera sobre las que escribían con un punzón que tenía el otro lado plano para borrar.

Necesitamos:

- Cuatro rectángulos de cartón del mismo tamaño

- Plastilina

- Una varilla o brocheta de bambú o de madera

- Dos trozos de lana, cuerda o anillas

- Pegamento

¡¡VENGA A TRABAJAR!!

¿Cómo se hace?

1. Recorta dos de los rectángulos de esta manera.

2. Pégalos sobre los otros dos.

3. Haz agujeros en los laterales de esta manera.

4. Rellena los huecos con plastilina.

5. Une las dos mitades con lana, cuerda o unas anillas.

¡Ya tienes tu tablilla romana lista para escribir tus secretos y borrar sin fin!
Haz los trazos con la varilla y borra con los dedos.

¡Vamos a las Olimpiadas!

¿Sabías que en las Olimpiadas de la Antigüedad la prueba más importante era el «pentatlón»? Cada competidor tenía que demostrar sus capacidades en cinco disciplinas:

1. Salto de longitud
2. Carrera de velocidad
3. Lanzamiento de disco
4. Lanzamiento de jabalina
5. Lucha grecorromana

¿Qué elemento se necesita para practicar cada deporte? Escribe en el recuadro la letra de cada elemento según el número que corresponde a cada deporte.

1	2	3	4	5

A

Cronómetro

B

Banco de arena

C

Disco

D

Jabalina

E

Adversario

¡Qué picante!
MACARRONES ENFADADOS

Uno de los platos más famosos de la cocina romana son las «penne all'arrabbiata», que significa «plumas enfadadas». Nosotros no decimos «plumas» sino macarrones, y en realidad no es la pasta la que está «enfadada», sino el que se la come, que se pone al rojo vivo de lo picante que es. ¡ja, ja, ja!

Ingredientes para 4 personas:

- 400 gr de macarrones

- 1 bote de salsa de tomate

- Ajo en polvo

- Pimentón picante

- Sal y pimienta

¿Cómo se hace? (Pide ayuda a un adulto)

Cocemos los macarrones en agua salada.

En una sartén, calentamos la salsa de tomate y añadimos el ajo, el pimentón y la pimienta hasta que quede bien picante.

Escurrimos el agua de los macarrones y los añadimos a la salsa de tomate.

¡Listos!
¡A ver quién se pone más rojo cuando se los coma!

La boca de
la verdad

Leo y Boti han metido la mano en LA BOCA DE
LA VERDAD...

¡Ahora te toca a ti!
¡Atrévete!

Mete la mano en la Boca de la Verdad y...

... marca si estas frases son verdaderas o falsas:

- Se dice que hay «luna fantasma» cuando
  la luna desaparece .... [V] [F]

- Leo ha inventado la *vincilupa*..................... [V] [F]

- La planta *Hierbajus Romanus* crece en
  cualquier lugar del mundo........................... [V] [F]

- Los hámsters vienen de Hámsterdam........... [V] [F]

- Boti está pintando un cuadro sobre Moisés .... [V] [F]

- La carrera de relevos se hace utilizando
  un salchichón.. [V] [F]

Pero ten cuidado que aquel que diga una trola...

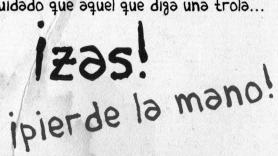

¡zas!
¡pierde la mano!

Un selfi al óleo un poco misterioso

Leo y sus amigos han ganado dos medallas en los juegos. ¡Bravo! Se merecen un descanso. Ahora se están dando un burbujeante baño blub, blub, blub... ¡¡BLUUUB!!, y para recordar este momento se han hecho un selfi.

Pero algo raro ha pasado, se han dado cuenta de que hay 7 diferencias.

¿Puedes ayudarlos a encontrarlas?

Soluciones

¡Escribiendo con números!

Leonado di ser Piero da Vinci nació en Vinci en 1452

Miguel Ángel . Michelangelo Buonarrotti nació en Caprese en 1475

Boti – Sandro Botticelli nació en Florencia en 1445

Rafael – Rafael Sanzio nació en Urbino en 1483

¡Vamos a las Olimpiadas!

1. Salto de longitud: B
2. Carrera de velocidad: A
3. Lanzamiento de disco: C
4. Lanzamiento de jabalina: D
5. Lucha grecorromana: E

La boca de la verdad

-Se dice que hay «luna fantasma» cuando la luna desaparece   F

-Leo ha inventado la *vincilupa*   V

-La planta *Hierbajus Romanus* crece en cualquier lugar del mundo   F

-Los hámsters vienen de Hámsterdam   F

-Boti está pintando un cuadro sobre Moisés   V

-La carrera de relevos se hace utilizando un salchichón   F

Un selfi al óleo un poco misterioso

- La medalla de Boti
- El color de Spagueto
- El bañador de Lisa
- El vaso que hay al lado de Chiara
- La guitarra de Rafa
- El color del pelo de Coper
- El bol de fruta

¡No te pierdas
estas aventuras!

CHRISTIAN GÁLVEZ
Marina G. Torrús

EL PEQUEÑO
Leo DaVinci

La momia
desmemoriada

Ilustraciones de
Paul Urkijo Alijo

Las deportivas mágicas

¡Han robado el cuadro de Lisa!

Los piratas fantasma

El misterio de las máscaras venecianas